同心若さま 流星剣
無敵の本所三人衆

中岡潤一郎

コスミック・時代文庫

この作品はコスミック文庫のために書下ろされました。

目次

第一話　神の眼

一

本所《ほんじょ》と深川《ふかがわ》は、どちらも大川を渡った江戸の東の地に広がっているが、その雰囲気はさながら別の世界に属しているかのように異なる。

深川は江戸屈指の歓楽街で、常に華やかな空気が漂う。着飾った芸者があたりまえのように町を歩き、昼間からお大尽《だいじん》を乗せた小船が堀を縦横無尽《じゅうおうむじん》に行き交う。二階建ての置屋《おきや》から長唄《ながうた》が響き、それを聞いて、新道を歩く老舗《しにせ》の若旦那が声をあげる。

常世《とこよ》の桃園《ももぞの》を思わせる風情であり、町に入れば自然と心が浮きたつ。

それに対して、本所は静寂がすべてだ。

武家地はもちろん、竪川《たてかわ》沿いの町屋ですら、声をひそめて人が歩く。入江町《いりえちょう》には娼家《しょうか》が立ち並び、夜になれば桃色の提灯が立て続けに灯されるが、深川のような華やかさはなく、横川《よこかわ》から吹きあげる風を感じつつ、静かに遊ぶのが常だ。

お大尽の姿もなく、三味線の音色も心なしか寂しい。

そんな本所の町が矢野剣次郎《やのけんじろう》は大好きだった。

口さがない江戸っ子は、あんなところはしみったれていて嫌だねえ、などと言うが、静かな町並みを歩いていると、心が落ち着く。

本所廻りの同心《どうしん》になって、およそ二年。

剣次郎は、すっかり自分が本所の町に馴染んでいるのを感じていた。

「これは、矢野さま。お見廻《みまわ》り、ご苦労さまです」

声をかけられたのは、割下水《わりげすい》を越えて、三笠町《みかさちょう》に入ったところだった。

武家地と町屋の境目であり、堅苦しさと穏やかな空気が入り乱れる不思議な場所である。

やわらかい春の光を浴びながら、知った顔が頭をさげる。

「藤治《とうじ》か。ひさしぶりだな」

「はい。ここのところ出かけることが多くて、失礼してばかりで」

「いいさ。忙しいのなら、それに越したことはねえ」

剣次郎が手を振ると、皺《しわ》だらけの顔に笑みが浮かぶ。

藤治は三笠町の一角で、小さい茶屋を営んでいた。働いているのは当人と娘、その婿《むこ》の三人で、客は遊びの前にひと息を入れる金持ちが多かった。

手作りの錬り団子が絶品で、甘い物が大好きな剣次郎は、ついつい足を運んで、その濃厚な甘味を堪能している。

「店もうまくいっているのか」

「おかげさまで、うまくまわっております」

藤治は手を組んで、わずかにさがった。

その表情を見て、剣次郎は間合いを詰めた。

「そうかな。おまえさんの振る舞いを見ると、どうもよくねえことが起きているようだがな」

「そ、そんな」

「帯の前で手を組むのは、相手との間を取りたいからだ。あまりこみ入った話をしたくないってことだな」

「い、いいえ、そんなことは」

「で、返事をしたところで、わずかに目をそむけた。やましいことがある証しだ。

そもそも、おまえさんが声をかけてくることがおかしい。たいていは娘か、その亭主が声をかけてきて、あとからおまえさんが出てくるってことが多い。主人であることに誇《ほこ》りを持っているからな。いきなり声をかけたってことは、探られたくないことがあるから、先手を取ろうと思ったのだろう。違うか」

　剣次郎はたたみかけた。

　藤治は目を丸くしていたが、やがて肩を落としてうなだれた。ひどく落ちこんでいるのがわかる。

「なにかあったんだろう。言ってみな。助けるぜ」

　じつのところ、剣次郎は、どこか気が小さくて、自分を大きく見せようとしているこの男が好きだった。挨拶の順番をあとにして、小さな見栄《みえ》を張る姿はどこか憎《にく》めないと思っていた。

「もしかして、女か」

　藤治が息を呑《の》んだので、剣次郎は思わず苦笑した。

「もう少し顔を作れよ。すぐにばれちまうぞ」

「は、はい……」

「いったい、どこの女に手を出した？　入江町の商売女か。いや、違うな」

藤治の表情が変わらないのを見て、剣次郎は目を細めた。

「素人か。川向こうの女だな。亀戸村《かめいどむら》あたりか。ははあ、あのあたりなら、すれていない女がいくらでもいるものな。おおかた、武家屋敷に勤めていた年増か」

「……矢野さまにはかないませぬな。まったくもってそのとおりで」

藤治は、天神橋《てんじんばし》を渡った先の一杯飯屋に勤める後家と付き合っていた、と打ち明けた。

亀戸天満宮に遊びにいったときに知り合いになったらしく、茶屋で休んでいたところで声をかけられたらしい。三十手前の年増で、たちまち藤治は夢中になった。三日にあげず通い、瑞々《みずみず》しい身体に夢中になった。

話がおかしくなってきたのは今月に入ってからで、藤治が女の家に赴《おもむ》くと、目つきの悪い男が待っていた。

「人の女でさんざん遊びやがって、と文句をつけてきまして。金をせびられるようになったのです。三両も巻きあげられました」

「間夫《まぶ》に脅されたか」

よくある話で、藤治は最初から狙われていたのだろう。身なりから、そこそこ金を持っていると見て、女から近づいてきた。まんまと引っかかった藤治は、あとから出てきた男に脅される結果になった。

素人女《しろうとおんな》に手を出して火傷《やけど》したわけであり、脇が甘いことはたしかだが、そこを責めてもしかたがなかった。

「わかった。そいつらとは俺が話をつけよう。場所はどこだ」

「よろしいので」

「いいさ。この団子が食べられなくなったら困る」

藤治が話をするのを、剣次郎は何度もうなずきながら聞いた。

「よし。二、三日で終わらせる。それまで、おまえは家を出るな」

「あ、ありがとうございます。このご恩は……」

「いい。それよりも、娘と婿を泣かせるな。しっかりと店を守っていけ」

「は、はい」

「あと、娘には話をしておけ。困っている」

「えっ」

藤治は息を呑んだ。

「し、知られていると」

「あたりまえだろう。遊びにいって、帰ってきたらため息をついている。仕事も上の空で、しかめ面をしているとなれば、誰だってなにかあったと気づく。おまえは顔に出すぎなんだよ」

実際、娘のみよは、当初から父親の遊びに気づいていて、さかんに剣次郎にぼやいていた。その表情が重くなったのはひと月前のことで、藤治が脅されはじめた頃合いと一致していた。

藤治は家族に隠れて遊んでいい気になっていたが、じつのところ、おみよもその婿も、端からすべてを知っていたのである。

「おみよには、早くに片づけると言っておいた」

「あ、ありがとうございます。なんと申していいのか」

「おまえのためじゃない。腹の中の子に万が一のことがあったら困るからな」

藤治は、ふたたび息を呑む。だが、表情は先刻までと違っていた。

「そ、それはまさか……」

「そうだよ。おまえの孫だよ。いまが大事な時だ。娘によけいな心配をかけさせるんじゃねえよ」

「私の……孫」

呆然とする藤治を尻目に、剣次郎は掘割《ほりわり》を離れた。

彼方から雲雀《ひばり》の鳴き声が響き、道行く棒手振《ぼてふり》が春の空をゆっくりと見あげる。晩春の日射しに包まれて、江戸の町は暖かい空気に満たされていた。

二

「そりゃあ、驚いたでしょうな。さすがは矢野さま。お見事です」

剣次郎の前に座った男は、やわらかな笑みを浮かべた。亜麻色《あまいろ》の着物は恰幅《かっぷく》のある身体によく似合っており、落ち着いた空気を醸《かも》しだす。本博多《ほんはかた》の帯をさりげなく身につけているあたりにも、余裕を感じさせる。

髪は白く、顔にも皺が刻みこまれているが、老けているという印象はない。大《おお》店《だな》の主にしか出せない空気が漂う。

日野屋由蔵《ひのやよしぞう》は、本所松井町《まついちょう》に店をかまえる老舗の油問屋だ。本所で生まれて、他の店で修業をし、二十五歳のときに父親が死ぬと、店を継いだ。

店は下り油を専門に扱い、大阪の問屋のみならず、播磨《はりま》の油仲買《なかがい》からも油を購入している。値が安いのに、油の質が高いことで知られており、新規の客が取引を求めてひっきりなしに訪れるが、由蔵は古くからの付き合いを大事にして断りを入れている。それでいて恨まれないあたりに、彼の人柄がよく出ている。

女房は彼が三十五のときに亡くなり、それ以後は独り身をつらぬいていた。

剣次郎とは、彼が本所廻りになってからの付き合いだ。当初は儀礼的な付き合いだったが、ちょっとした事件をきっかけに親しくなり、いまはこうして日野屋の座敷で茶を飲む仲となった。

「ここのところ、藤治はいい婿が入って、気がゆるんでいましたからな。もともと女好きでしたが、一気に弾けたようで」

「手厳しいな、知らぬ仲でもあるまいに」

「だからですよ。はなたれ小僧のころからの付き合いともなれば、遠慮なぞいたしません」

由蔵は笑った。その表情に嘘はなく、正直に自分の思いを語っている。

「こちらは油屋、向こうは茶屋でございますが、よっちゃん、とうちゃんと言いながら、本所の町を駆けまわりました。若いころは、口にできぬ悪さもしましたし、商《あきな》いの苦労もさんざん話しました。浮わつくのはわかりますが、つまらぬ女に手を出して騙《だま》されるのはよろしくありません。ここのところ、様子がおかしかったので問いただすつもりだったのですが……」

由蔵は剣次郎を見た。

「さすがは、矢野さま。こんなに早く隠し事を見抜いてしまうとは。神《かみ》の眼《め》と言われるだけのことはございますな」

「よしてくれ。そんなあだ名、こっぱずかしい」

「なんの。小悪党は戦々恐々としておりますよ。矢野さまが睨《にら》みを利かせているから、ここのところ本所が静かなのです。まったくたいしたもので」

「どうだかな。たまたまだと思うぞ」

「間違いありませんよ。これだけ本所で長く暮らしている手前が言うのですから。素直に信じていただきたいですな」

正面切って言われて、剣次郎は恥ずかしくなった。

矢野剣次郎は、今年二十五歳になる同心で、十二のときに南町同心、矢野《やの》作右衛《さくえ》門《もん》の養子となり、義父の死を受けて、十九歳で家督《かとく》を嗣《つ》いだ。見習い、風烈見廻《ふうれつみまわ》りを経て、本所廻りの同心になったのは、二十三歳のときである。

傍目《はため》には、ありがちな経歴である。剣次郎が生まれ育ったのは、松平与四郎《まつだいらよしろう》という旗本の家であったが、旗本の子が同心の家に行くのは、なにも珍しい話ではない。母方が有力な武家である場合、同心の側から乞うて、婿に来てもらうこともある。

だが、剣次郎の場合、出自に問題を抱えており、それがほかとは違う特別な条件を作りだしていた。

剣次郎がすべての事情を知ったのは、養子に赴く直前で、話を聞いてからはそのことを意識しない日はなかった。

「とにかく、本所が落ち着いてくれてよかった」

剣次郎は茶をすすった。茶葉をふんだんに使っているせいか、心地のよい渋さだ。

「おかげさまで。押し込みはなくなりましたし、強請《ゆす》りたかりも減っております。喧嘩も目立たなくなりましたし」

「鼠《ねずみ》も、いまのところは出ていないようだ」

「噂も聞きませんな」

鼠小僧は、さんざんに武家屋敷を荒らしてまわった盗人《ぬすっと》で、本所でも多くの被害が出ている。剣次郎が知っているだけでも三件、表沙汰にならなかった話も含めれば、十を超えるだろう。裕福な大名のなかには百両単位で盗まれた家もあり、一時は、本所の武家屋敷がひどく殺気だっていた。

「上方《かみがた》に逃げたという話もありますな」

「どうかな。手口を見るかぎり、向こうっ気が強そうだ。少々のことでは引きさがるまいさ。そのうち出てくるぞ」

「手口を真似する奴も出るかと」

「そっちが厄介だな。本物と違って、町の者も狙うだろう」

「気をつけておきましょう。あとは宗像屋《むなかたや》の件ですが」

「話がこじれたな。手を貸してやりたいところだが、相手が大名となるとな」

「津軽さまなら、矢野さまも伝手《つて》があるのでは」

「あるさ。だが、真っ向勝負でいけば、向こうも意地を張る」

薬種問屋《やくしゆどんや》の宗像屋は、本所 緑町《みどりちよう》 に店があり、武家とも深い付き合いがある。そのひとつが津軽家で、宗像屋はよい薬種を抱えていることから、津軽家に出入りし、薬草を直におさめていた。

だが、あるとき、値が高すぎると津軽家が文句をつけたことから、騒動がはじまった。薬草はたしかに値が張ったが、それは他の薬種問屋がおさえてしまって、市中に出まわらなくなったからで、けっして宗像屋のせいではない。

剣次郎は、宗像屋の主の顔を思い浮かべた。丸く愛嬌《あいきょう》のある顔立ちは、老舗の薬種問屋には似つかわしくなかった。人柄もよく、金のない医師の面倒も見ていた。女房も子どもも穏やかな性格で、よく家族で亀戸天満宮を参拝していた。

「宗像屋は無理して薬草を買い集めて、津軽家に納めていた。儲けはほとんどなかったはずだ」

「そう思います」

「なのに、叱責されて、立場が悪くなった」

「手を引く取引先も出て、店の雰囲気は悪くなる一方で」

「どこかで行き違いがあったか。それとも、欲をかいた者が出てきたか」

「宗像屋は、店の者も気配りが行き届いています」

「とすると、津軽家のほうに問題があるか……」

「探りを入れておきましょうか」

「頼む。俺のほうでも様子を見ておく」

剣次郎は本所見廻りの同心ということで、津軽家ともつながりがあり、これまでも奉公人が面倒を起こしたときには、表沙汰にならないよう手を尽くしてきた。

そのなかには、与力の橋本善吾《はしもとぜんご》を通さずに片づけた案件もあり、津軽家からはしきりと感謝されたものだ。

その後、しばし剣次郎と由蔵は、本所の動向について語りあった。

由蔵はいわばこの辺の商家のまとめ役であり、町の事情にくわしかった。悪さに手を染めている店があれば、すぐに知らせが入る。剣次郎もそれで、何度となく助けられた。

一方で、渡世人《とせいにん》や香具師《やし》の動きは、剣次郎がよくつかんでいた。なにか怪しい動きがあれば、すぐに由蔵に知らせ、商家に害が広がるのを押さえた。

互いに求めるところが一致しており、いまや由蔵は剣次郎にとって、よい相談役と言えた。

「本当に、おまえには助けられてばかりだな。声をかけてくれなければ、本所廻りの役目は果たせなかったよ」

「なにをおっしゃいますか。やめてください」

由蔵は手を振った。

「手前がやっているのは、内情を知らせているだけ。それを聞いて、揉め事をおさえているのは矢野さまで、なにもしないで見過ごしていたら、名のある店が何軒もつぶれておりました。礼を述べるのは、こちらでございますよ」

「買いかぶりだ。俺はただ、町をうろついているだけだ」

「矢野さまの仕事は、手前がいちばんよく知っております。内々に話をつけてくれたおかげで、多くの者が命を落とさずに済みました。本当に、よく町の者を見ておられる。矢野さまならば、十年と経たずに定町廻《じょうまちまわ》りになると、手前は信じております」

「ありがたい話だが、それはないな」

今度は、剣次郎が手を振る番だった。

「俺は、十年後には隠居している。定町もなにもねえよ」

由蔵の目元が、わずかに震えた。内心が表に出てくるのは、珍しい。

「それは……決まりなのですか」

「まあな」

「十年後なら、まだ三十五ではありませぬか。その若さで隠居とは」

「しかたがない。親戚筋にあれだけ言われてはな。俺としても、こだわりはねえよ」

「矢野さま」

「面倒な血筋の者が当主というのもな、まわりからすれば、気が休まらねえだろうよ」

剣次郎は茶をすすった。

「……将軍の息子が同心なんて知ったら、皆、腰を抜かすだろうぜ」

矢野剣次郎の実父は、時の将軍、徳川家斉《とくがわいえなり》である――。

千代田の城に座し、天下に号令する、この世界でもっとも偉い人物。

信じられないような話であるが、これは事実だ。

母親は身分の低い下女で、家斉が側室の目を盗んで手をつけた。ふくよかな体型のおかげで、気がつくまで時を要し、あっという間に臨月《りんげつ》を迎えた。

子が生まれると、即座にさる旗本の家に出され、剣次郎はそこで育てられた。世が世であれば、将軍の跡継《あとつ》ぎと呼ばれてもおかしくなかったが、幸か不幸か、剣次郎はお上からは無視される形で育てられた。

というのも、その時点で、家斉は驚くほどの子を成していたためだ。

十人の妻妾《さいしょう》から九人の男子と十二人の娘が生まれており、なおも五人が子を宿していた。早くに亡くなってしまう者が多かったが、それでも、世継ぎの家慶《いえよし》をはじめ、数人の男女が健やかに育っており、剣次郎が無視されるのも当然と言えよう。

じつのところ、彼が生まれてからも、家斉は女に手をつけ続け、弟や妹が次々と生まれている。

いったい、何人の兄弟がいるのかわからない。あきらかになっているだけで、五十人。剣次郎のように内々に生まれた子を含めれば、さらに増えよう。

驚くべき色欲だ。

剣次郎は、養家の当主から真相を聞かされたときのことを、よく覚えている。育ての父の表情はかすかに歪んでいて、さながら罪人を咎《とが》めるかのようだった。家斉を主君として敬《うやま》ってはいたが、女に対する振る舞いは許せなかったのだろう。

剣次郎は事の次第を知って、驚くよりも呆れた。

よくも、そこまで手当たり次第に手を出せたものだ。

頭が女で占められていたか、あるいは、頭と身体が切り離されていて、欲望の赴くままに肉体が動いたのか。いずれにしろ、劣情に対する禁忌《きんき》など、端から感じなかったのだろう。

無軌道《むきどう》な欲望の果てに生まれたのが自分だと思うと、将軍の血に対する敬意など、端から持てない。汚らわしさすら感じる。

自分を世に出してくれたことはありがたいが、その一方で、忌《い》ま忌ましい血の縛りを与えてくれたことには、腹立たしさを感じている。

何度となく、将軍の血を引いていなければ楽なのに……と思った。

剣次郎が女に対して積極的になれないのも、実父の血を怖れていたからだ。暴走して色魔の道を歩むのは、耐えられなかった。

「養父上《ちちうえ》はよくやってくれたよ。こんな面倒くさい赤子を引き取って、一人前の同心に育ててくれたのだからな。まあもっとも、支度金《したくきん》目あてであったかもしれないが、やるべきことはきちんとやってくれた」

「矢野さま、その言いようは」

「ああ、すまなかった。言いすぎた」

義父の作右衛門は、すべての事情を知ったうえで、剣次郎を引き取った。余人《よじん》には将軍の息子であることは語らず、ただの養子として、一人前の武士に育てあげてくれた。そのことには、剣次郎も感謝している。

作右衛門は、南町の名同心と称されていて、長く定町廻りを務め、町民の信頼が厚い人物だった。作右衛門が見廻りをしていると、大店の主人がみずから挨拶に出てきたほどで、本町や日本橋界隈で、その名を知らぬ者はいなかった。

香具師や渡世人の大物とも知り合いで、町民が争いに巻きこまれぬよう、幾度となく巧妙におさえていたらしい。

謹厳《きんげん》で、悪党には怖れられていたが、存外、表情が険しいことを気にしていて、子どもが怖がって逃げると、その夜はひどく落ちこんでいた。

作右衛門は、十六のときに剣次郎を見習い同心にすると、同心の心構えを厳しく教えてくれた。帳面のつけ方、見廻りする際の注意、町の雰囲気の違いを細かく教え、一度で覚えないと、人前でも叱った。書付《かきつけ》を残すことは許さず、聞いたら一度ですべて覚えろ、と言われた。

厳しい修練の日々だったが、あれがあったからこそ、剣次郎はいま、一人前の同心としてやっていけているのだと思う。

その作右衛門が穏やかな笑みを浮かべて息を引き取ったとき、剣次郎は生まれてはじめて泣いた。涙が頰《ほお》をつたうのを感じて、本当の哀しみがどういうものかを知った。

「まさか、そのあとに揉め事が起きるとは。お父上も考えていなかったでしょうな」

由蔵は顔をしかめた。

「しかたないさ。つまらぬ旗本の息子に、矢野家はまかせられないと思ったのだろう。親戚筋が腹を立てるのもわかる」

「ですが、家を出よと言ってくるとは、いささかやりすぎかと」

「俺が上さまの子であることは、父上しか知らぬ。表向きはあまった息子を押しつけられたようにしか見えなかっただろう」

父の死後、さんざんに親戚は文句をつけてきて、剣次郎を矢野家から追いだそうとした。あまりにもひどかったので、当初は反論していたが、目尻をつりあげ、文句を叩きつけてくる男たちを見て馬鹿馬鹿しくなった。

こんな連中にずっとつきまとわれて、罵られながら生きていくのは人生の無駄だ。そう思ったところで、剣次郎は親戚筋の申し出を受け入れた。

従兄弟《いとこ》が成人した段階で家督を譲り、剣次郎は隠居する。それが十年後、剣次郎が三十五歳になったときということだ。

「隠居すればやりたい放題よ。一日中、釣りでもして過ごすさ」

「もったいないですなあ。矢野さまほどのお方が」

由蔵は、すべての事情を知る数少ない人物である。彼が信頼して自分の家のことを話してくれたので、剣次郎も自分の生い立ちを包み隠さずに語った。

さすがに話を聞いたときは由蔵も驚いていたが、真実を受け入れると、それまでと変わらぬ態度で接してくれている。

「いいんだよ、俺は。のんびり生きていくのが性に合っている」

剣次郎自身、子どものころからなにかに執着することがなかった。自分の存在にすらこだわりがなく、このまま消えてしまうのも悪くないとすら思っていた。

それが、将軍の息子という立場から生じているのか、それとも養家で腫《は》れ物のように育てられたせいなのか、そのあたりはよくわからないが、性根《しょうね》は作右衛門に引き取られてからもまるで変わらなかった。

「まあ、でも、やることはやるさ。同心の仕事は嫌いじゃないしな」

「そう言ってくださると、こちらも頼み甲斐がございます」

「なんの用もなく、おまえさんが長話をするとは思わなかったよ。で、頼み事ってのは、なんだい」

剣次郎が訊《たず》ねると、由蔵は笑った。

「人捜しでございますよ。矢野さまなら、たやすいことかと」

強張《こわば》った表情から、それが嘘であることはたやすく想像がつく。

これまでも由蔵が直に持ちこむ話は、面倒ばかりだった。

剣次郎は居住まいを正して、油断のならない油問屋の主を見やった。

三

剣次郎が本所最勝寺《さいしょうじ》に赴いたのは、三日後のことだった。由蔵に言い含められてのことである。

その前に大まわりをして、三笠町に立ち寄った。

藤治の茶店の前を通ると、ちょうど、みよが出てきたところだった。手には箒《ほうき》があり、掃除をしようと腰をかがめたところで、店から藤治が駆けだしてきて、大声で店に戻るように言った。大事な身なのだからとさんざん繰り返す。

おみよは平気だと言ったが、藤治は聞かず、結局、店に押しこみ、みずから箒を取って、店の前を掃きはじめた。

そんな姿を近所の者が見て笑った。孫ができると親も変わるねえ、という声が聞こえた。

剣次郎も思わず微笑むと、あえて藤治に声をかけることなく立ち去った。

牛宝山《ごほうざん》最勝寺は本所の北にあり、創建はいまから千年も前のことだ。本尊は釈《しゃ》迦如来《かにょらい》。将軍家の手厚い保護を受けていることで知られ、徳川家光《とくがわいえみつ》の代には鷹狩りの本陣《ほんじん》として使われたと言う。

門前には、茶屋と小さな料理屋があるが、本所の外れということもあり、客は少なかった。剣次郎が訪ねたときも、春の穏やかな日であるのに閑散としていた。

寺の裏手にまわって小川を渡ると、板葺《ぶ》きの小屋があった。生け垣に囲まれていて、手入れは十分に行き届いている。

由蔵の寮で、ふた月に一度の句会に使っているとのことだったが、人家から離れているところといい、人目につかぬよう出入りできる点といい、それだけの用途とはとうてい思えなかった。

剣次郎が寮に入ると、下男《げなん》が座敷に案内してくれた。

すでに客は来ており、剣次郎はすぐさま腰をおろして頭をさげた。

「申しわけありませぬ。お待たせしたようで」

「かまわぬ。私が刻限より早く来ただけのこと。急いていたのでな」

応じたのは、初老の武士だった。茶の小袖《こそで》に濃紺の袴といういでたちで、背筋を伸ばして、まっすぐに剣次郎を見ていた。眼光は鋭いが、視線は動きがちで、落ち着きのなさが感じられた。

「私は、木場《きば》三左衛門《さんざえもん》と申す。生国《しょうごく》は西国だ」

「播磨小笠原《おがさわら》家の方でございますね」

「どうして知っている」

「武鑑《ぶかん》が頭に入っていなければ、この役目は務まりませぬ。手前は、矢野剣次郎。南町の本所廻りの身でございます」

「日野屋の話は本当であったな」

木場は、ふうと息をついた。

「隠し事は通じぬ。できる男なので、心得てかかってほしいと言われたわ」

「買いかぶりで。手前はしがない同心でございますよ」

「いや、話しぶりから、おもしろい人物と見た。これなら安心して物事を頼めよう」

「人捜しと聞きましたが」

「さよう。我が家の家臣が、行方知れずになっている。その者を捜してほしい」

木場は話を切りだした。口調に迷いはない。

「名は、納屋与次郎《なやよじろう》。我が家で勘定方《かんじょうがた》を務めていた。幼いころから殿に仕えていて、その信も厚く、先々も安泰と思われていたのであるが、それがいきなり姿を消した」

「いつの話で」

「三月《みつき》前だ。江戸勤めになってからふた月が経ち、なんの前触れもなく、屋敷から立ち去った。書き置きもなにもなしだ」

剣次郎は、しばし間を置いてから訊ねた。

「心あたりはございませぬか」

「ない。まわりの者も知らぬと申していた」

木場の口元が、わずかに歪む。

嘘の証しだ。彼は、なにかを恥じている。

「行き先に、思いあたるところはございませぬか」

「それもない」

「ですが、江戸に出てわずか数月ということでしたら、地理には明るくないはず。伝手がなければ、身を隠すこともできませぬ」

木場は沈黙した。拳《こぶし》が震える。

「それに、手前に話を持ってきた理由《わけ》もわかりませぬ。播磨小笠原家ならば、橋本さまと懇意のはず。江戸市中を調べるのであれば、そちらに声をかけるのが筋かと」

大名は、奉行所の与力や同心と深い付き合いがある。家中の不祥事を揉み消してもらったり、商人と騒動を起こした際に仲介してもらったりするためだ。

与力の橋本は、小笠原家をはじめとしていくつかの大名家とつながっており、これまでも内々に揉め事を解決していた。

「そのとおりだが、このたびは事を荒立てたくない」

「いったい、なにをしたのですか」

「それは、言えぬ」

木場は視線を逸《そ》らした。聞くな、と意思表示しているが、剣次郎は無視した。

「金ですか」

木場の表情は硬いままだ。

「違いますね。女ですか」

一瞬だけ口元が動く。先刻と同じ恥の感情だ。

「……なるほど。家中の者が懸想《けそう》して、屋敷を出たと。たしかに、表沙汰にはできませぬな」

「矢野殿……」

「ご安心めされよ。口外するつもりはありませぬ。ただ、どういった理由《わけ》で探しているのか、知りたかっただけです」

木場は大きく息を吐きだした。顔の筋肉がひどくゆるんでいる。

剣次郎は、諦観を見てとった。

「おぬしは簡単に嘘を見抜く、と聞いていたが、どうやら本当のようだな。さすがは、神の眼」

「いえ、たまたまです」

「それは、生まれつきか。それとも、誰かから学んだものか」

「どちらとも言えます」

剣次郎は、子どものころから人の感情に敏感で、表情やちょっとした振る舞いで、人がなにを考えているのか見抜くことができた。

その能力をさらに高めたのが、作右衛門だった。見習いで江戸市中を見まわっているうちに、剣次郎が人の嘘をたやすく見抜くことに気づいた彼は、おのれの取り調べの方法を教え、隠し事をしている人の癖を数多く伝えた。

天性と作右衛門の技術が合わさり、いつしか剣次郎は、話をするだけで相手がなにを考えているのかおおよそ把握できるようになった。

神の眼、という異名は、剣次郎の特異な技に由来している。

彼の目からは逃れられないと感じた悪党がささやいたひとことが、いつしか本所界隈に流れるようになった。

「得がたい才であるな。あと十年もすれば、江戸屈指の同心になろう」

木場の言葉は本心のようだった。表情を見ればわかる。

「おぬしに隠し事はできぬな。ならば、言おう」

「助かります」

「納屋は、女を追って屋敷を出た。それは間違いない。しばらく行方はわからなかったが、ここへ来て、それらしい人物を見かけたという話を聞いた。藩の面子《めんつ》にもかかわるので、早々に取り押さえたい。だから、おぬしに声をかけた」

「では、もしやすると、納屋殿は……」

「うむ。本所に身をひそめている」

木場は言いきった。言葉に偽《いつわ》りはなさそうであるし、筋は通っている。

「くわしい話を聞かせていただけますか」

四

翌日から剣次郎は、納屋与次郎の行方を探りはじめた。

本所は広いようで、せまい。人が身を隠せる場所は限られている。武家となれば、なおさらだ。

納屋が本所にいると木場は言いきったが、その理由は、家中の者が見かけたためだ。場所は、三笠町から割下水に沿って西に行った先の武家町で、あわてて追いかけたが、見失った。半月前のことで、それからずっと小笠原家の者が本所を探していたが、見つけることはできなかったという。

地理に疎《うと》い武家では、隠れ家を探すことは難しいだろう。

「本所で見かけたのであれば、なんらかの伝手があるはずだが」

剣次郎が周囲を見まわすと、町を行く町民の姿が飛びこんでくる。

その先に、見知った顔を見出して、剣次郎は視線を止めた。

「橋場《はしば》さん」

声をかけると、背の高い武家が顔を向けた。肩幅は広く、腕も太い。厚い胸板は、武芸で鍛えた証しだ。

陽に焼けた顔は骨張っており、鋭い視線と重なって無骨な印象を与える。

剣次郎は歩み寄って頭をさげた。

「お久しぶりです。橋場さん」

「おう、矢野か」

「桃山道場での剣技大会以来ですね。お元気そうでなによりです」

「お主もな。会えて嬉しいぞ」

橋場源三郎《げんざぶろう》は八百石の旗本で、割下水の北に屋敷を持つ。御家人の家に生まれたが、その剣技を見込まれて、橋場家の養子に入った。

剣次郎と知りあったのは南八丁堀の士学館で、当時、源三郎は北辰一刀流を学んでおり、さらなる剣技の向上をはかって、他流試合の申し入れにきたところだった。下手をすると、道場破りとも見られかねない振る舞いだったが、源三郎の落ち着いた所作と士学館に対する尊敬の念のおかげで、彼は快く迎え入れられ、しばらく客分として剣を交えることとなった。

剣次郎は、橋場を慕い、道場ではいつも行動をともにしていた。こんな兄弟がいてくれればと何度も思ったものだ。

「橋場さんの剣はすごかった。手前は一度も勝てませんでした」

「なんの。おぬしは日に日にうまくなっていった。あのまま客分として道場にとどまっていたら、半月もせぬうちにやられていただろう。よかったぞ」

橋場は笑った。

闊達とした振る舞いが彼のよいところであり、道場では人気者だった。腕も立ち、客分でありながら、最後のころには師範代のような役目も務めていた。

それは、いまも変わらないようであるが、瞳の奥にある、わずかな揺らめきが気になった。無視するには、あまりにも剣呑《けんのん》であった。

「いまは、書院番を務めておられるとか」

「おう。日々、上役のわがままに振りまわされているわ。おぬしはどうだ。うまくやっているか」

「同じです。日々、振りまわされてばかりで」

「思ったようにはいかぬな」

橋場は笑った。一見すると快活な表情であるが、わずかにゆがんだ目元に陰鬱な空気が漂っていて、剣次郎には引っかかった。

「また、手合わせしてください。剣でも槍でも。昔よりは使えますよ」

橋場は、宝蔵院流の槍術も身につけていた。何度か道場で技を披露してくれて、それがきっかけで剣次郎も槍を学んだ。

「そうだな。そのうちに」

橋場は小さく笑って去った。最後の言葉が嘘であることは、わずかに目を逸らしたことからすぐにわかった。

以前の橋場とは違う鬱屈を感じて、剣次郎は寂しさを感じた。自由闊達な彼はどこへ行ってしまったのだろう。人は昔のままではいられないのか。

剣次郎は足を速めて、本所の町を歩いてまわった。北の本所松倉町や新町まで足を伸ばして、ひととおり様子を見てまわると、本所緑町に戻ってきた。

緑町の角には一杯飲み屋があり、そこは昼間から荒くれ者で賑わっている。堅気の町民は近づくのも嫌がるところだが、剣次郎は平然と足を踏み入れた。

「万蔵《まんぞう》はいるかい」

剣次郎が、若い男に声をかけた。男はじろりと見まわしてから、ほんの少しだけ表情を変えて手を振った。

剣次郎が飲み屋の二階にあがると、座敷に大男がいた。六尺はゆうに超えている。髷《まげ》は荒々しく結んでいて、月代《さかやき》もわざと手入れをしていない。胸板は厚く、腕はさながら丸太のようであった。

大きな丸い瞳はどこか剣呑で、子どもならば、睨《にら》まれただけで泣きだしそうだった。

「ひさしぶりだな。万蔵」

「誰かと思えば、矢野の旦那ですか。ご無沙汰しております」

「ああ、無沙汰だったな。小梅村《こうめむら》での喧嘩以来か」

「あのときは世話になりました。おかげで、牢屋に送られずに済みましたよ」

「よく言う。身代わりはいくらでもいるくせに」

「武家相手では言い逃れはできませんよ。本当に助かったと思っているんですよ」

表情は神妙だったが、顔の下半分がゆるんでいることから、こちらを侮蔑しているのが見てとれる。うまくごまかしたと思っているわけで、傲慢で自信家であることの証しだ。

万蔵は、本所緑町をまとめる顔役だ。小悪党をまとめあげ、そのあがりで、この店を営んでいる。腕っ節の強さは本所でも屈指で、一年前には深川から攻めてきた渡世人の一党を薙《な》ぎはらった。

なんでも、五対一でも動きを止めることができなかったらしく、十分にありえる話だと納得した。

剣次郎が腰をおろすと、万蔵は手に徳利《とっくり》を持った。

「やりますかい」

「やめておく。好きじゃねえんだよ」

「でしたね。酒より団子でしたか。じゃあ、遠慮なく」

万蔵は徳利を口につけて、そのまま飲んだ。

「昼から飲む酒はたまりませんぜ」

「いつでも飲んでいるくせに」

「ちげえねえ。それで今日はなんの用で」

「人捜しをしている。侍だ」

剣次郎は、前置きなしで切りだした。

「いまはおそらく浪人を装っている。名は納屋与次郎だが、それも変えているだろう。本所のどこかに身をひそめているはずだ。おまえさんなら、それらしい人物に心あたりがあるんじゃねえのかい」

「武家ですかい。そりゃあ、なんとも」

万蔵は首をひねった。ほんのわずかに唇が動く。

それだけで剣次郎は、彼が喜んでいることがわかる。相手の知らぬことを自分が知っているからで、いつもと同じ人を見くだす振る舞いだ。

剣次郎と万蔵の付き合いは、彼が本所廻りになる前からはじまっている。

深川森下町《もりしたちょう》で彼の手下が騒動を起こして、それを剣次郎がひっくくった。万蔵は知り合いの同心を通じて手下の釈放を求めたが、彼は渋った。話しぶりから手下が隠し事をしているのはあきらかで、それがはっきりするまでは放免というわけにはいかなかった。

万蔵は手下が捕らえられたままでは、面子にかかわると激しく抵抗したが、剣次郎は強引に押しきり、調べを進めた。

すると、その男が万蔵の仲間を殺していたことが判明した。一年にふたりを始末して、とぼけていたうえに、万蔵自身の命も狙っており、計画を実施する直前だった。

真相を知ると、万蔵は剣次郎に感謝し、本所見廻りになってからはなにかと便宜《べんぎ》をはかってくれるようになった。

知己を得て、本所で仕事がやりやすくなった一方で、剣次郎は警戒も怠《おこた》っていなかった。

万蔵は狡猾《こうかつ》な男であり、油断すればたちまち足をすくわれる。現に去年の冬には剣次郎の家に商売女を送りこんできて、取り込みをはかってきた。

「本所といえば、武家屋敷ですからね。浪人者がいても目立ちませんや」

「知らぬ顔がいればわかろう」

「お武家さまがどれほどいると思っているんですか。いちいち覚えてはいませんよ」

万蔵は小さく笑う。軽く振った手が、気持ちの高ぶりを表す。

「おまえ、このやりとりを楽しんでいるな」

「いえいえ、そんなことは」

「わかるぜ。目元が笑っているからな」

剣次郎は目を細めた。

万蔵は、駆け引きにも強い。付き合っていれば、振りまわされるだけだ。

「とぼけるのはよせよ。おまえが松倉町の先で賭場を開いていることは、重々、承知よ。狙いは武家の奉公人で、その動きは逐一、調べている。知らない奴が入ってきたら、すぐに網にかかる。もうおまえは、そいつに声をかけているはずだ」

「知りませんなあ」

「頬が動いているぞ。嘘をついている証しだ。ごまかしは通じねえぞ」

露骨《ろこつ》に、万蔵は顔をしかめた。

駆け引きは強いが、うまく事を進めることができるのは自分が優位に立っているときだけだ。少しつつけば、すぐに思いが表に出る。

「その賭場、深川の狐組《きつねぐみ》に押されているんだろう」

「そのこと、どうして……」

「おまえの手下が教えてくれたよ。前にな」

剣次郎は凄んだ。

「狐組に話をつけてもいいんだぜ。縄張りを認める代わりに、おまえたちを叩けってな」

「ちっ、旦那にはかなわねえな」

万蔵は徳利を置いた。眼光が鋭さを増す。

「いますよ。訛《なま》りが強い浪人が。三笠町の裏長屋ですよ」

「ほう。どんな感じだ」

「背が高くて、ひょろっとしています。武家というより商人って感じで。長屋も自分で見つけたようで、まわりの者ともうまくやっていますよ」

「誰か一緒にいるか」

「女がいますね。年増ですが、美人ですぜ」

「ほう」

「ただ、ちょっと引っかかるところもあるんですわ。その浪人、女とは昔からの知り合いのようなんですよ。ですが、その女は長いこと本所に住んでいて、武家屋敷の下女とか勤めてましてね。十年……いや、もっとになりますかね」

「そいつは妙だな」

「怪しいですね、あのふたり」

木場は、納屋が江戸の女にたぶらかされたと言っていた。色気に誘われて出奔《しゅっぽん》したと思っていたが、違うのか。

「あと、そのまわりを、武家がやたらと嗅ぎまわっているんですよ。仲間だとは思うんですが、直に声をかけないのが気になりますね」

剣次郎はなにも言わなかった。

すでに小笠原家では、納屋の行方をつかんでいるのか。ならば、剣次郎に人捜しを頼む必要はないだろう。どうにも話の食い違いが気になった。

「わかった。おかげで助かった」

「こっちは大損ですよ。せっかく、おもしろそうな話が手に入ったと思ったのに。横からかっさらわれて」

万蔵は頭を搔《か》いた。

「それらしい話を聞いていたから、ここに来たんでしょ。まったく、いつになったら、旦那を出し抜けるのか」

「そう言うな。礼といってはなんだが、いいことを教えてやるよ」

剣次郎は立ちあがった。

「店の前で番に立っている男な。あいつ、裏切るぜ」

「なんですって」

「俺が店に入ろうとしたら、視線を逸らした。知られたくないことがある証《あか》しだぜ」

「………」

「俺が告げ口をしにきたと思ったのかもしれねえ。深川にちょいちょい出向いているという話もある。気をつけるんだな」

「あの野郎。俺の前では神妙にしているくせに」

「顔は口ほどに嘘をつく。せいぜい気をつけるんだな」

剣次郎が座敷を出ると、万蔵が手下を呼びつけた。荒っぽいことになりそうだったが、それは彼の知ったことではなかった。

五

剣次郎は万蔵の店を出ると、その足で長崎町に向かった。

まだ時刻は八つだ。閏三月ということもあって、日は長く、明るいうちに目的の場所にたどり着くことができる。万蔵がよけいな小細工をしないともかぎらないので、できるだけ早くに納屋と会っておきたかった。

剣次郎は横川に出て、河岸《かし》に沿って北へ向かう。

暖かい春の風が水面を揺らす。空は青く、やわらかい日射しは雲に遮《さえぎ》られなくことなく、江戸の大地に降りそそぐ。

人夫は汗ばみながら船から俵を陸揚げし、店の前に積んでいく。それを横目で見ながら、若旦那とその連れ合いが、入江町の娼家を目指す。魚を売るのは子どもで、棒に振りまわされながら懸命に声をあげ、客を呼びこんでいる。

夏に向かうこの季節を、剣次郎は好いていた。町の息吹を強く感じ、見廻りにも張り合いが出る。道行く町民の顔が活気に満ちているのもいい。

活気のある町を歩いていると、自分がただの人であると強く感じる。血のつながりなど、別段、どうでもよいのである……。

ふと、剣次郎が顔をあげると、知った女が棒手振に声をかけているのが見えた。なにか指示を出しているようで、棒手振は頭をさげると南に向かった。

思わず、剣次郎は声をかける。

「おう、かすみ」

背の高い女が振り向いた。背筋を伸ばして立っていると、並の男よりもよほど目立つ。

顔は整っているが、面長で目が細いこともあり、冷たい印象を与える。遊び人が睨まれて思わず退いたという噂もあるが、おそらく真実だろう。

「ああ、旦那。おひさしぶりです」

「そうだな。よく見かけてはいるが、声はかけねえな」

剣次郎は、女の全身を見た。

「あいかわらず、地味な格好だな。若いんだから、もう少し派手にしたらどうだい」

「目立つのは嫌いなんですよ。面倒が多くて」

それにしても、梅鼠《うめねずみ》の小袖とは……。髪も櫛《くし》が刺してあるだけで、とりたてて飾っている様子はない。

かすみは、古着問屋の川崎屋《かわさきや》に勤める手代《てだい》だ。亀戸の尼寺で育てられ、十のときから奉公をはじめた。当初は下女だったが、斬新な策で店の売りあげを伸ばし、主の善右衛門《ぜんえもん》がことのほか喜んで手代に取り立てた。

女手代というのは珍しく、話が広まると驚きの声があがったが、商才があるのはたしかで、芝《しば》の古着屋と話をして、大きな商いをまとめた。本所の古着屋界隈では有名で、引き抜きの声も出ているらしい。

何度か話をしたが、頭のいい娘、という印象を剣次郎は抱いた。物事を正しく見ているが、その一方で表情が乏しく、若い娘らしい華やかさに欠けていた。

浮いた話を聞かないのは、そのあたりに理由があろう。

「なにを話していた」

「ああ、川向こうの武家屋敷で、集まりがあるって教えてあげたんです。あの棒手振、貝が売れ残って困っているようだったんで」

「よく知っているな」

「小耳にはさんだんですよ。三日ぐらい前でしたかね」

「あいかわらずの地獄耳だな」

かすみは答えなかった。口元は笑っていたが、強張った表情から見て、あまり嬉しくないようだ。どうにも難しい女だ。

それでいて、なぜか気になる。どこか、自分に似た匂いを感じるのであるが、気のせいだろうか。

「すまねえな。足を止めさせてしまって」

剣次郎が離れようとしたところで、今度は、かすみが話しかけてきた。

「旦那、ちょっと聞きたいんですが」

「なんだい」

「長崎町《ながさきちょう》界隈で、なにかありましたか」

「どういうことだ」

「いえ、妙な連中がうろついているって声を聞きまして。芸者衆が気にしているみたいなんですよ」

剣次郎の脳裏をよぎったのは、万蔵の話に出てきた連中のことだった。納屋のことを探っているのだとしたら、人目についたとしてもおかしくない。

だが、それなら、辻褄《つじつま》が合わない。居場所がわかっているなら、剣次郎に人捜しを依頼する必要はない。

万蔵の手下ということも考えられたが、それなら芸者衆も顔を知っていよう。決めつけるのは危ない。思いのほか面倒な事態なのかもしれない。

「知らねえな。まあ、少し気をつけておくよ」

「お願いしますよ。万が一のことがあってからじゃ困りますからね」

かすみは鋭さを感じさせる声で言うと、河岸から離れた。背筋を伸ばして歩く様子は、やはり目を惹く。

剣次郎は足早に、万蔵が教えてくれた裏長屋に向かった。

場所はすぐにわかった。日当たりが悪く、長屋の路地には三日前に降った雨の跡がまだ残っていた。

剣次郎は呼吸を整えると、長屋の戸を叩いた。

「納屋さん。いるんだろう」

返事はなかった。

「俺は、南町の同心で、矢野という。木場さんに頼まれてきた。話がしたいので開けてくれ」

しばらく待つと、物音がして戸が開いた。

姿を見せたのは、顔が縦に長い男だった。

万蔵の言うとおり、細身の体型で、とうてい武士には見えない。濃紺の小袖が浮かびあがって見える。にもかかわらず、どこか侮れない空気を発しているのは、まっすぐに伸びた背筋のせいだろうか。

「納屋さんか」

「そうです」

「話がある。入れてくれねえか」

「どうぞ」

納屋に導かれて長屋に入ると、板間には女が座っていた。こちらも痩せていて、頬の骨が浮かびあがっていた。島田《しまだ》に結《ゆ》った髪にも艶がない。うつむいて座る姿には、どうにも隠すことのできない不幸の雰囲気が漂っていた。

「あやのです」

女は首を垂れた。

「矢野だ。よろしく頼む」

「よくここがわかりましたね」

「本所は俺の庭だよ。人の動きはすぐにわかる。ましてや浪人者となればな」

剣次郎が板間に腰をおろすと、納屋はその前に、あやのと並ぶ形で座った。

「用人の木場殿に頼まれて、納屋殿を探していた。なんでも女に懸想して出奔したとか。ただ、見たところ、正しくないようだな」

あやのは商売女には見えなかった。背筋を伸ばした姿から、武家の出であることがうかがえる。振る舞いに乱れたところはない。

「女と一緒に暮らしているのは、たしかですが」

「だが、幸せではなさそうだ。納屋殿の振る舞いも、頭に花が咲いている人のものには見えねえ。裏があると見たがどうなんだ」

「ずいぶんと踏みこんできますね」

「まだるっこしいのは嫌いでな。嫌なことは、早めに片づける性分なんだよ」

「たしかに……手間をかけるのは面倒ですね」

納屋が見ると、あやのはうなずいた。力のない振る舞いだった。

「わかりました。では、正直に話しましょう」

納屋は正面から剣次郎を見つめた。眼光はいささか暗い。

「私が女にうつつを抜かして、出奔したのは事実です。このあやのを見つけたところで、自分がおさえられなくなり、そのまま彼女の手を引いて、本所に逃げこんだのですから。ですがそれは、相手があやのだったからです。つまらぬ江戸の女では、こんなことにはなりませんでした」

「どういうことだ」

「あやのとは、子どものころからの知り合いなのです」

剣次郎が見ると、あやのはうなずいた。ふたりの間には、たしかなつながりがあるようだった。

「屋敷が隣りあわせでして。子どものころから親しく行き来しておりました。同い年ということもあって、気を許しておりまして、そのうち一緒に暮らすことができれば、と思うようになりました」

「いくつのときの話だ」

「十歳ですかね。そのころには、そう思っていましたよ」

「さすがに早すぎる。先のことを決めすぎだろうよ」

「私にとっては、あたりまえのことでした」

納屋は笑った。

「そのうち、あやのが城勤めをするようになり、私も勘定方として役所に出るようになりました。奥向きの役目が終わって戻ってきたら、祝言を挙げるという約束になっていたのですが、ちょうど十六のとき、あやのが姿を消しました。なにも言わずに、城から出て行ったのです。懸命に探しましたが、見つからず、またたく間に月日が過ぎ去ってしまいました」

「それを、江戸へ出てきて、ようやく見つけたと」

「はい。本当にたまたまでした。名は言えませぬが、大身《たいしん》の旗本と打ち合わせがあり、その屋敷を訪れた際に見かけたのです。信じられない思いでした。声をかけたら、こちらを見てくれて。それで本物だと確信しました」

「そうかい」

「すぐにふたりで会って、事情を訊《き》きました。理由《わけ》があって、あやのは、故国《ここく》を離れて、江戸で奉公していたのです。あちこちを渡り歩き、口では言えないような苦労もしてきました。すべてを知ったら、私はもう自分をおさえることができず、出奔していました。本所に居をかまえたのは、そのあとのことです」

納屋は、あやのの手を握る。

指が絡《から》んだそのとき、女の顔には、驚くほどの色気が浮かびあがってきた。生気のない表情は幻のように消え去り、瑞々しい瞳で男を見る。艶やかな牡丹が一瞬で咲いたかのようで、女の男に寄せる思いがはっきりと見てとれる。男への気持ちをあらわにするだけで、これほどまでに女は変わるのか。

剣次郎は驚きつつ、先を続けた。

「無茶をしたな。もう少し手順を踏んでからでもよかっただろうに」

「自分がおさえられなかったのです。致し方ありません」

「しかし、よく武家屋敷から連れだして、文句を言われなかったな。下女だったのだろう」

「通いでしたから。それに、年季が切れるところだったので、気にした様子もなかったようです」

納屋が視線を逸らした。嘘をついていることは、たやすくわかる。

「そうかい」

剣次郎はあえて突っこまず、先を続けた。

「それで、今後はどうするつもりなんだ。家に戻るのか」

「出奔したのですから、そのつもりはありません。武家を捨て、町民として生きていこうと思います」

「驚いたな。そこまで思いきるのか」

「ええ、武家の世界には未練はありません。そもそも性に合っていなかったのですよ。武士道とか言いながらも、人の顔色を見ていく世界に。金をばらまいて、上役や同僚の機嫌を取るのも、正直なところ疲れました」

「言うねえ」

「本当のことですから」

たしかに、武家の生活は乱れている。出世を決めるのは金と悪縁《あくえん》で、人柄や武芸が優れていても、どうにもならない。真面目であればあるほど損をするわけで、お世辞にも生きやすいとは言えなかった。

「だが、町の者として生きるのも楽じゃないぜ。武家のやりかたは、まったく通じねえからな」

「わかっていますよ」

そこで、納屋があやのを見た。声はかけなかったが、あやのは無言で頭をさげ、長屋から出ていった。

「心が通じているのだな。うらやましい」

「とんでもない。わからないことばかりで。昨日も怒られましたよ」

納屋は、あやのが閉めた戸を見た。

「あやのは、かわいそうな娘なのです。城勤めをはじめた直後に父親が死に、跡を継ぐはずだった弟も、若くして亡くなりました。母親の面倒を見ながら勤めを続けていたのですが、そこで奥向きの争いに巻きこまれまして。当時の殿は、側室のひとりに夢中で、他の方への注意をまったく欠いておりましたから、おかげで家を真っ二つに分けての争いにつながったのです。騒ぎはしばらくの間、続きました」

「……あやの殿が城を出たのも、それとかかわりがあってのことか」

納屋はなにも言わない。だが、それが答えであったとも言える。

「もしかしたら、その争いはまだ片づいていないのかい」

「私からはなにも言えませぬ」

納屋はうつむいた。

「あやのは、ひとりで苦労してきました。人の勝手な都合で振りまわされ、定まった住み処を持つこともなく、ただただ流されてきたのです。なにも悪いことはしていないのに。だから最期のときには、誰かひとり寄り添う相手がいてもいいと思うのです」

「おい、ちょっと待ってくれ」

嫌な言いまわしが引っかかった。もしかすると、あの女は……

「私は、不幸な彼女を助けられませんでした。できることといえば、いまわの際まで、ともに過ごすことだけです。最期に、彼女が少しでも幸せを感じてくれれば、私もほんの少しだけ幸せな気分になります」

「本気か」

「はい」

「もしやすると、あやの殿は……」

「はい。不治の病です。医者にも長くないと言われました」

剣次郎は大きく息を吐いた。

家の都合で振りまわされた女が、流浪の果てに哀しい最期を迎えようとしている。不幸のままに疲れ果てて。

それは、あまりにもせつなかろう。

「なにがあろうと、私はあやののそばを離れません。もう決めたことです」

納屋は、追われていると知りながらも、病身の女と運命をともにするつもりでいる。

それは同情ではなく、幼きころより続く深い思いに根ざしてのことだ。それだけ子どものころの思いが本物だったということか。

将軍の息子として腫れ物のように育てられた剣次郎は、女に対して深い思いを寄せる機会はなかった。いままでは、それを寂しいと思ったことはなく、その生き方が自分に合っていると感じていた。

そんな彼にとって、納屋の思いは新鮮であり、美しかった。

愛した女と寄り添って、最期の時を生きていく。それは悪くないことのように剣次郎には思えた。

「わかった。じゃあ、なにも言わねえよ」

「ありがとうございます」

「さて、じゃあ、この先どうするか」

剣次郎は長屋の戸を見つめた。

「このまわりを妙な連中がうろついている。気づいているか」

「はい。我らを見張っているようで」

「心あたりはあるか」

納屋は口を結んだ。硬い表情を見れば、すべてがわかる。

「小笠原家の連中か。納屋殿、いや、あやの殿を追いかけてのことか」

「……そうです」

小笠原家は、すでにふたりの場所をつかんでいた。

ならば、なぜ、木場は、剣次郎に相談を持ちかけたのか。

場所がわかっているのなら、無駄な依頼をせずに、家中の者を動かせばよかった。実際、納屋のまわりには、人が貼りついているのだから、ひとこと命令をくだせば、それで済む。剣次郎を動かす道理がない。

「なにか裏があるな」

剣次郎は、あらためて納屋を見た。

「納屋殿の覚悟はわかった」

剣次郎は強い口調で言った。

「だが、迂闊に動くのは待ってくれ。悪いようにはせぬ。先が少しでも見えるように手を尽くすので、しばらくここでおとなしくしてほしい。どうか」

納屋は、しばらく剣次郎を見ていた。頭をさげるまでは、長い時間がかかった。

「よろしくお願いいたします」

剣次郎はうなずくと、腰をあげた。

六

剣次郎は、上座の木場を見やった。視線を合わせようとせず、握った手も激しく動いている。頰も引きつっており、強い感情を隠しているのが見てとれる。

剣次郎が木場とふたたび顔を合わせたのは、納屋と話をした翌日のことだった。約束もなく、勝手に小笠原家の屋敷を訪れたが、木場は無礼な振る舞いを咎めることなく、話をする時間を作ってくれた。

眼前の木場は、心の揺れを懸命におさえていた。動揺しているのに、あえて会おうとするところに、剣次郎は木場の意志を感じた。

「納屋殿を見つけました。本所におりました」

剣次郎が切りだすと、木場は淡々と応じた。

「そうか。それで無事だったか」

「無事とは、どういうことで。納屋殿は、女と逃げたのでございましょう。身に危険が及ぶようなことはないはずですが」

「そうだな。そうであったな」

「どうも気になります」

剣次郎は思いきって尋ねた。

「木場さまは、納屋殿の行方が割れていることを承知で、手前に話を持ちかけたように見受けられます。なぜ、そのようなことをされたのか。もしやすると、小笠原家が割れていることと、かかわりがあるのですか」

「それをどこで……いや、納屋が話したのか。当然のことであるな」

「そのあたりに、真相が隠されているように思われます。木場さまは、どのようになされたいのですか」

木場はうつむいた。

顔をあげるまでは驚くほど長い時間がかかったが、剣次郎は無言でそれを待った。話す気があることは、顔や腕の動きでわかっていた。

「おぬしには、隠し事はできぬのだったな、神の眼。では、聞いてくれるか」

「なんなりと」

「おぬしには、納屋を助けてほしい」

木場の話は長かった。

剣次郎は終わるまで、背筋を伸ばしたまま動かなかった。

七

「なるほど、そういう次第でございましたか」

剣次郎が語り終えると、由蔵は腕を組んだ。表情の渋さは本物だ。

「武家というのは、大変なものでございますな」

「納屋殿はもちろん、木場殿も苦労している。話を聞いて、あらためて思った」

「わかります」

由蔵はうなずいた。

「じつは、木場さまとは長い付き合いでして。あの方が江戸にはじめて出たときから、ともに仕事をしてきたのです。実直な方であることはわかっており、今回の話も引き受けたのですが……まさか、そんな事情があったとは、思いもよりませんでした」

「納屋殿は出奔した。だが、それは人の助けがあってのことだ。とりわけ、木場殿が陰から手を貸していた」

再度の話しあいで、木場は事の次第を語った。それは、きわめて重い内容だった。

「小笠原家は家をふたつに割って争っていた。十年前のことだ。領内では、家臣同士の刃傷沙汰《にんじょうざた》もあったと聞く。放っておけば、徒党を組んでの争いになりそうだった。そこで木場殿は腹心とはかって、側室を屠《ほふ》った」

木場は直には語らなかったが、察しはついた。争いは、予想を超えて陰惨だった。多くの犠牲者を出して争いはおさまったが、家中には深い傷が残った。

とりわけ負けた側は、激しい怨みを木場やその側近に抱いた。

「武家のいやらしさですな。そのときに、納屋殿の思い人が巻きこまれたと」

「そういうことだ」

「それは、たまたまですかな」

「あの娘には係累《けいるい》がなかった。だから巻きこんでも面倒はないと思ったのかもしれん。そうでなければ、毒殺の現場に、彼女を置くようなことはしなかっただろうよ」

木場は、毒殺の場に、あやのがいたことを語った。側室の奥向きではなかったが、無理に、その場にいるように仕向けたのだという。彼女が事件にかかわっていると見られるのは、当然のことだった。だから追われた。

「木場は、あやの殿を追いだし、そのうえで、彼女が側室を殺したと匂わせた。おかげで、争いが済んだいまになっても、復讐のため命を狙われている。長崎町のあたりをうろついているのは、その連中であろうな」

「いまさら恨みを晴らしても、なにも変わらんでしょうに」

由蔵の言うことはもっともだが、武士はそう思わない。

自分たちが没落した原因は、すべて毒殺犯のあやのにあり、彼女が手をくださねば、今頃は領内で栄華を極め、政《まつりごと》の実権も握っていたはずだと信じきっている。怨みに凝りかたまった目には、あやのは消さねばならぬ怨敵《おんてき》にしか見えない。

剣次郎自身、矢野家のことを思い浮かべれば、武家のいやらしさは手に取るようにわかる。

悪態罵倒《あくたいばとう》をつく親戚の顔は、さながら悪鬼のようだった。

「さすがに良心が咎めたのか、木場殿は、あやの殿を逃がそうとした。というか、木場殿はあやの殿の居場所をずっと知っていて、目につかぬように手を尽くしていた。だが、ここへきて、すべてが知られてしまい、狙っていた連中が動きだした。そこで、納屋殿を用事で送り、ふたりが逢えるように仕向けた」

木場はふたりの気持ちを知っていた。ともに暮らせる時を作りだしたのは、せめてもの罪滅ぼしだったのか。

　木場は家中を守るためならばなんでもすると言ったが、その声は、ほんの少しだけうわずっていた。背筋を伸ばして、胸を張る姿には無理が感じられた。

　瞳がほんの少しだけ揺れたとき、剣次郎は、ふたりに対する木場の深い思いを感じとった。

「それで、矢野さまはどうしたいのですか」

「彼らを逃がしたい」

　こんな形で死なすのは、あまりにも馬鹿馬鹿しい。

「武士に未練はないと言っている。ならば、町民として、どこかで暮らせるように手助けしてやりたい」

「それを私に言うのですか」

「そうだ。おぬしなら、伝手があろう」

「矢野さまは手を出すつもりはないので」

「おぬしより、うまくできるとは思えぬ」

「血筋をうまく使ってみてはいかがか。上さまの力は使えないのですか」

「ない。切れていることは、おぬしも知っていよう」

それは、嘘である。

剣次郎は、袖に隠した小刀に触れた。それは将軍家斉から賜った逸品であり、彼の息子であることの証しである。

銘は流星剣《りゅうせいけん》。空から振ってきた石、いわゆる天降石を混ぜて鍛造したことから、その名前がある。

剣次郎に小刀を渡した旗本によれば、中華の三国時代、呉《ご》の孫堅《そんけん》が流星と呼ばれる剣を持っており、流星剣はそれと同じ製法で造られているとのことだった。その刃はきわめて硬く、直に打ちあっても容易に刃こぼれしない。

これを見せれば、お上を動かすことができ、義父からもその旨は伝えられている。だが、剣次郎に使うつもりはなかった。

納屋たちを助けたいと思ったのは、剣次郎自身の考えであり、それを叶えるために忌み嫌う血に頼ってしまえば、穢れが入り、この先、よくないことが起きるように感じる。

由蔵は大きく息をついた。

「まったく、矢野さまは潔癖《けっぺき》でいらっしゃる」

「そんなことはない。悪いこともしているさ」

「だが、肝心なところで、小狡《こずる》く動くのを嫌がりますな。あくまで自分の手でなんとかしようとしすぎる、と言うか」

「気が小さいんだよ」

「それとは、違うように思えますが……まあ、ようございましょう。納屋さまともうひとり。それは手前でなんとかしましょう」

由蔵は笑った。

「勘定方を務めていたと言いましたから、金勘定は心得ておりましょう。でしたら、上方に油買付にでも行っていただきましょうか。和泉《いずみ》には、知り合いの仲買がいます。そこに預かってもらって、商人の心根を叩きこんでもらいます」

「上方は、納屋殿の故国に近い。大丈夫か」

「それぐらいは、こちらで手を打ちます。気づかれるほど、間抜けではございませんよ」

言いきる由蔵の声は力強かった。余裕のある表情からも、自信に満ちていることがわかる。

「わかった。おぬしにまかせよう」

素直に、剣次郎は頭をさげた。

「よろしく頼む」

「では、支度金を用意しますので、しばしお待ちを」

「それはよい。こちらで出す」

「貧乏な同心がなにをおっしゃるのですか。すべておまかせを」

「いや、それでは、おぬしに負担がかかりすぎる」

「なにをおっしゃるのですか、矢野さま」

呵呵と由蔵は笑った。あまりにも声が大きかったので、縁側にいた黒猫が跳びはねて逃げだしたほどだ。

「面倒を見ると言うのは、丸抱えするということですよ。金を渋るつもりだったら、端から助けるなどとは申しません。矢野さまから申し出があって、私は受けた。だから、最後までとことんやる。それだけのことですよ」

彼の話しぶりから見るに、用意する金は、十両や二十両ではきくまい。

仲買も紹介するということだから、そちらにも金を送らねばならない。手紙を書いたり、道中の手配をしたりで、面倒なことこのうえないだろう。それでいて、一文の儲けにもならないのである。

「どうして、そこまで……」

「決まっております。矢野さまが好きだからですよ」

ためらうことなく、由蔵は言いきった。

「上さまの血を引いていながら、ただの同心となり、親戚から文句をつけられたら、さっさと隠居を決めてしまう、そんな潔いところが気に入っているのです。小欲も大欲もかかず、淡々として生きる。それでいて困った者がいれば、手を出さずにはいられない。損ばかりの生き方を、それをしかたないと思いながら生きている姿に、よさを感じるのです。だから、助ける。それだけですよ」

由蔵は、自分の思いを素直に語っていた。

「好いた人を助ける……これほど人生で楽しいこともないでしょう」

過剰な好意を向けられるほど、立派な人間ではない。どこにでもいる、単なる同心でしかない。剣次郎自身、そう思っている。

それだけに、由蔵の思いは恥ずかしくもあり、そして一方で、自分という人間を素直に認められたようで嬉しくもあった。

ここまで認められてしまえば、断るのも馬鹿馬鹿しい。

「わかった。では、素直に好意に甘えよう」

「そうしていただければ、こちらとしてもありがたいですな」

「便宜もはからんぞ。そもそも本所廻りの同心に、利得などない」

「わかっております。まあ、ちょっと悪人が出てきたら、睨みを利かせてくれればそれでようございますよ」

「すぐに隠居の身だがな」

「そうなったら、丸抱えさせていただきますよ。隠居した若き同心の面倒を見ているなんて、なかなか格好のよい話ではありませんか」

「よく言う」

剣次郎は笑った。どこか胸のつかえが取れているように思える。

「では、まかせた。手筈《てはず》はどうするか」

「支度金を用意させている間に考えますか」

由蔵は店の者を呼んだ。

剣次郎はその様を見ながら、ふたりをどのように逃がすか、算段《さんだん》を立てはじめた。不思議とそれはおもしろく、策はすぐにまとめあげることができた。

八

「来たようだ。あれに乗るといい」

剣次郎が指し示した先には、猪牙舟《ちょきぶね》があった。業平橋《なりひらばし》をくぐったところで、ゆっくりと岸に近づいてくる。

「手筈は整えてある。このまま横川をくだって、仙台堀《せんだいぼり》から大川に出る。永代《えいたい》の橋詰めで、日野屋が手配した者が待っているから、そこで船を変えて、今度は芝に行け。赤羽橋《あかばねばし》までたどり着いたら、歩いて品川だ。そこまで行けば、追手に捕まることもねえよ」

剣次郎の前では、納屋とあやのが口を結んで話を聞いていた。どちらも旅支度を調えている。

納屋は刀を差さず、髷も変えて、すっかり町民の風袋《ふうたい》だった。

由蔵の手配が早かったこともあって、話を持っていってから五日で、彼らを逃がす算段は整った。

ちょうど日がのぼったばかりの刻限で、あたりには薄い靄《もや》がかかっている。動くには、ちょうどよい情景だ。

「書状は持っているな」

「はい」

「上方に着いたら、それを出せ。面倒を見てくれるはずだ」

「間違いなく」

「じゃあ、がんばりな」

「ありがとうございます」

納屋が丁寧に頭をさげたので、剣次郎は手を振った。

「よせ。それより、これから大変なのは、おまえさんたちだ。武家を捨てると言っても、たやすくはいかねえぜ」

勘定方を務めていたとはいえ、武家と町民ではなにもかもが違う。商いのしきたりも、人との付き合いもすべて変えていかねばならない。それは、口で言うほどたやすいことではなく、相当な苦労をともなうはずだ。

剣次郎は、先々のことを考えて胸が痛んだ。このまま放りだしていいのかとも思うぐらいだったが、意外なことに納屋は笑った。

「かまいません。つまらない武家に縛られるよりは、ずっといい」

「前向きだな」

「本当に、息苦しい場所でした。なにもできず、なにもさせてもらえず……ただ日々のやりくりを繰り返しているのは、耐えがたい苦しみでした。正直、いまは胸が躍《おど》っています。気が急《せ》いてなりませんよ」

納屋の言葉に、嘘はなかった。目は子どものような輝きだ。

あやのは、そんな納屋に寄り添っていた。彼女も、はじめて会ったときとは、まるで血色が違う。納屋の手を取る姿には、信頼の情があふれており、幾分、若返ったようにも見えた。

「本当に助かりました。矢野殿がいなければ、我らは追手に討たれていました」

「たまたまだよ。日野屋に頼まれていなかったら、こうはならなかった」

なおも納屋が彼を見つめるので、剣次郎はつい目線を逸らした。

「すべては流れのままさ。頼まれて、気が向いたので手を貸した。同心の仕事と同じだよ」

剣次郎が同心を務めているのも、たまたま矢野家に引き取られたからだ。作右衛門から教えられて、ほかにできることもないから勤めあげている。

役目に向いているとも思わないし、使命感を抱いているわけでもなかった。

だから、いつも後ろめたさを感じていて、自分が間違ったところにいると感じずにはいられなかった。

「なにをおっしゃるのか。矢野殿のような方が」

力強い言葉に、剣次郎は納屋に顔を向けた。

「はじまりは流れでも、こだわって最後まで尽くしてくれなければ、ここまでうまくはいきませんでした。人にお願いをし、手筈を整えてくれた。それは、口で言うほど、たやすくはありません。本当に感謝しています」

「…………」

「同心の仕事も、同じではありませんか。手前の見たところ、矢野殿は同心の役目が好きなように思えます。本所の人々と交わり、困っている人を助ける。そんなところに、楽しみを感じていると見ました。さもなくば、人に手を貸したりしませんよ。一文の得にもならないのに」

納屋は笑った。

「由蔵殿が手を貸してくれたのも、そんな心根に気づいていたからだと思いますよ。矢野殿は、立派な本所の同心ですよ」

剣次郎は口を開いたが、言葉をつむぐことはできなかった。ここまで正面から褒められると、どうにも照れくさい。

それでも、彼が剣次郎を同心として認めてくれたのは嬉しかった。これまで、将軍の息子として厄介者扱いされ、流されるままに生きてきた自分にも、居場所が見つかったような気すらした。

剣次郎は目を逸らしたまま、手を振った。

「さあ、船が来たぜ。行きな」

視界の片隅で、納屋とあやのが頭をさげた。船に乗りこむと、そのまま川をくだっていく。

その姿が薄い靄に飲まれて消えたとき、背後から声がした。

「おい、そこの同心。おまえがかくまっていた侍は、どこに行った」

剣次郎が振り向くと、五人の侍が土手に立っていた。身だしなみはそれなりに整っていたが、いずれも剣呑な目つきをしている。

刀に手をかけている者もいて、怒気があたりに満ちている。

「なんのことですかな。とんとわかりませんが」

「ふざけるな、納屋与次郎だ。せっかく居所を突きとめたのに、どこぞに隠しおって。我が家を出奔した馬鹿者を、許すわけにはいかん。さあ、教えろ」

吠えたのは、中央の侍だった。ひときわ背が高く、声も大きかった。

鬱陶《うっとう》しい……声の大きさで、人に言うことをきかせられるとでも思っているのか。

いや、思っているのだろう。そういう輩《やから》は、どこにでもいる。

「手前が知っているのは、単なる町人。納屋という御仁《ごじん》は知りませんな」

「我らを愚弄《ぐろう》するか」

男は刀を抜いた。他にふたりが抜刀する。

彼らは顎《あご》を突きだし、上瞼《うわまぶた》をあげて、明瞭な怒りの表情を作っているのに、腰は引けていた。視線もどこかずれている。

剣次郎は笑った。

「腕もないのに、刀を抜いてどうなさるか。不安があるなら、おとなしく引きさがればよいものを」

「なにを……」

三人につられたかのように、他の侍も刀を抜いて、いっせいに襲いかかってきた。

剣次郎は刀を抜くと、そのすべてを払って、五人を叩きのめした。

作右衛門に引き取られたとき、剣次郎は、剣の修行のため、あちこちの道場を渡り歩いた。

神道無念流《しんとうむねんりゅう》、北辰一刀流《ほくしんいつとうりゅう》、鏡新明智流《きょうしんめいちりゅう》……と数えあげれば、切りがない。

剣術だけでなく、槍術《そうじゅつ》、十手術《じってじゅつ》も学び、そのすべてで優秀な成績をおさめた。

神道無念流では、道場を継いでくれないかと言われたほどで、田舎侍なら、何人が相手でも敵ではなかった。

うめき声をあげる襲撃者を一瞥すると、剣次郎は業平橋に足を向けた。

朝の日差しが頭上から降りそそぎ、靄が次第に薄まっていく。三月もなかばを過ぎ、天気のよい日が続く。

今日も暖かくなりそうだった。

第二話　地獄耳

一

もう少しだけ自分の背が低かったらと、かすみは町に出るたびに思う。同世代の女はもちろん、男にまわりを囲まれていても、頭が少し飛び出る。低く髪を結っても人通りの多い道を歩くと、やはり目立ってしまう。

いまも、男が通りすがりに無遠慮な視線を叩きつけてきて、ひどく鬱陶しく感じた。でかい女という心の声が、そのまま聞こえてくる。

これも血の呪いなのか、と考えたこともあったが、彼女は両親に会ったことはなく、親の背丈を受け継いだかどうかはわからない。

かすみは背を丸めて、相生町《あいおいちょう》の角を曲がり、武家屋敷が並ぶ一角に入る。

途端にひとけが失せて、静寂が広がる。道の左右には、白壁が続くだけだ。

声をかけられたのは、石原町《いしはらちょう》に入る手前だった。

「かすみさん」

振り向くと、顔の丸い男が歩み寄ってきた。

縞《しま》に紺の羽織《はおり》、白の前掛けという格好は見知ったいでたちで、あばたの目立つ顔にも見覚えがある。見あげる格好になるのは彼が幼いからで、そのうち目線は同じになる。少なくとも、かすみはそう思っている。

「ああ、仁《じん》ちゃん、こんにちは」

「お世話になっています。ここのところ挨拶もしないで、すみません」

仁吉《じんきち》は古着屋の高田屋《たかだや》に奉公していて、馴染《なじ》みの家に顔を出しては、仕入れた古着を売って歩いている。本人は仕入れの仕事を希望していたが、店には年季の入った奉公人が多く、いまだ、まかされたことはない。

口下手なこともあり、売上はいまいちだったが、誠意を持って良品を売りこむ姿に、かすみは好感を覚えていた。

「どう、調子は」

「そこそこに。怒られてばかりですけれど」

仁吉は笑った。

「それより、かすみさん。すごいじゃないですか。この間、白木屋さんの売れ残りをまとめて引き取ったんでしょう。あそこはいい品物ばかりですけれど、加賀屋さんが仕切っていて、食いこめなかったのに。いったい、どうやったんですか」

「たまたまよ。ちょっと知り合いのところを訪ねたら、そういう話になって。まとめたのもあたしじゃなくて、旦那さまだから」

「川崎屋の善右衛門さまですよね。それでもすごいや」

　仁吉はため息をついた。

「俺なんて、奉公をはじめてからもう七年になるのに、ちっともうまくいかなくて。この間も番頭さんに、稼ぎが悪いって叱られたんです。あちこちまわって売りこめ、嫌な顔をされても引きさがるなって」

「そう言われてもねえ。無理強いしても長続きしないし」

「そうなんですよ。一時はよくても、次に買ってくれないから、すぐ駄目になるんです。それぐらいなら、じっくり話をして、どういう品か得心してもらってから買ってもらいたいです。だけど、うまくいかなくて」

「大丈夫だって。仁ちゃんならば、やれるよ」

　かすみは笑った。

「この間だって、橋本屋のご隠居に羽織を売ったじゃない。あのご隠居、人嫌いで有名だったのよ。それを口説いて、しっかり商いにつなげたんだから、すごいでしょ」

「……よく知っていますね。ご隠居の話は、あまりしたことがないのに」

「いい話は自然と広がるもの。それだけ、いい仕事をしたってことでしょ」

かすみが肩を叩くと、仁吉は笑った。少しだが、表情に余裕が出てきた。

「そうですね。ちゃんと見てくれている人はいるんですよね。じつは昨日、古着の仲買から声をかけられまして。仕入れを手伝ってくれって言われたんですよ。ちゃんと仕事をしているから頼りになるって言われて」

「へえ、すごいじゃない。どこのお店なの」

「清水町《しみずちょう》の三崎屋《みさきや》って店です。新しくできたところみたいで」

「……それ、絶対だめ。もう、そこの人とは会わないで」

かすみは正面から仁吉を見つめた。語気が強くなるが、それは致し方なかった。

「え、どうしてですか」

「いいから駄目。高田屋の旦那さまにも話をして」

「評判はいいですよ。いい古着を安く仕入れてくるって」

「それがよくないの。すぐに店に戻って。ううん。一緒に行こう。話をしてあげるから」

かすみは、仁吉の肩を押して、高田屋に向かった。

まさか、彼にも声をかけているとは……ここで手を打たなければ、大変なことになる。

二

かすみが川崎屋に戻ってきたのは、午後に入ってからだった。話が長くなって、高田屋から離れるまで、思いのほか時を要した。

「おや、ずいぶんと時がかかったね。なにがあったんだい」

店に入ると、番頭の誠仁《せいじ》が声をかけてきた。

川崎屋の重鎮で、主人の善右衛門が暖簾《のれん》分けを受けたときから付き従っている。穏やかで、滅多《めった》に声を荒立てることはないが、商いには厳しく、つまらぬ失敗をすれば懇々《こんこん》と説教し、できるまで同じことをやらせる。

古着を見る目に長けており、一見したところ使えないような着物を安く引き取り、仕立て直して、仲買や小売に高値で卸してしまう。

古着屋としても、店の要役としても優れていて、近所の評判もよい。

「すみません、番頭さん。石原町で、高田屋の仁ちゃんと会いまして」

「仁ちゃんはよくないね。他の店の人なのだから、仁吉さんと言いなさい」

「すみません。仁吉さんと会って話をしたら、三崎屋に声をかけられたというので、すぐに高田屋さんに行って話をしてきました」

誠仁の目がすっと細くなった。

「それで高田屋さんは」

「わかったと。とにかく店の者は近づけさせないとおっしゃっていました」

「旦那さまに話をしよう。来ておくれ」

「はい」

誠仁のあとについて、かすみは店の奥に入った。

川崎屋は緑町の一角に店をかまえる古着問屋で、地廻りの着物を買い集めて、仲買や小売に卸している。取引先は本所の仲買や町人が多いが、相模《さがみ》や上総《かずさ》の馴染みまで足を伸ばし、商品を仕入れることもある。

主の善右衛門は、富沢町《とみざわちょう》の古着問屋で修業し、三十のときに独立した。

修業先の縁を生かして商いを広げ、いまでは十三人を雇って店を切りまわすまでになった。

商いは堅実で、卸《おろ》す品物もよいので、評判は高い。名うての古着問屋として名を知られるようになり、善右衛門は寄合《よりあい》の行司役《ぎょうじやく》を務めている。

かすみにとっては雇い主であり、また、身寄りのない彼女を引き取って育ててくれた恩人でもある。

「旦那さま、誠仁です」

「ああ、お入り」

誠仁が障子を開けると、座敷には小肥りの男が文机《ふづくえ》に向かって、帳面をつけていた。

狐色の羽織は武州《ぶしゅう》で仕立てた品物で、気に入ってよく着ていた。髷は整っているが、若作りに小さく結んでいるのが似合っておらず、若く見せようとして失敗していることを、かすみは気にしていた。

善右衛門は帳面を閉じると、丸い顔を誠仁に向けた。

「どうした」

「例の三崎屋の件で、ちょっと」

誠仁が事情を説明すると、善右衛門も顔をしかめた。

「そんなところまで。となると、商いをしている者もいるかもね」

「はい。早めに手を打ったほうがよいかと。このままだと、痛い目を見る者が多くなります」

「そうだね」

そこで、善右衛門はかすみを見た。

「あらためて聞くけれど、間違いないんだね。三崎屋の古着が盗品だっていうのは」

「たしかです。この耳で聞きましたから」

半月前、かすみは長崎町の馴染みを訪れた際、三崎屋の近くを通りかかり、そこで店の者の話を聞いた。相手は店の中で話しており、聞こえていないと思っていたのであろうが、かすみの耳には十分すぎるほどの声量だった。

彼らは、品物を、芝の古着問屋から盗み取ったことを語っており、気づかれぬように子飼いの仲買からあらためて仕入れ、本所の古着屋に売りつける算段を立てていた。

「手口はどれも同じで、丁稚の手引きで古着を盗みだしていました。わざわざ商いがうまくいっていない店を狙うのも同じです」

「噂にならなかったのは、表沙汰になることを怖れたからだね」

「うまいやり方です。話が広まらなければ、同じ方法で何度も仕事ができますから」

「寄合で話はしたが、どこまで伝わっているか」

　善右衛門は腕を組んだ。

「町方も古着の商いは気にしている。盗まれた品物が入りやすいからねえ」

「同心が動けば、面倒なことになります。信用は一気に落ちるかと」

　一軒でも盗品を扱っていれば、他の店も同じことをしていると思われる。疑いの目で見られると、客は近づかなくなり、商いはやりにくくなる。

「旦那さま。もう町方に声をかけましょう」

「そうだね。橋本さまには、寄合の者で話をつけよう。あとは本所廻りの同心だが」

「矢野さまですね。あの人ならば、真相を告げておくのがよいかと。できる方ですし、なにより、よけいな付け届けが要りませぬ」

「ああ、あの欲のない人ね。ここは、役に立ってもらおうか」

善右衛門と誠仁が打ち合わせをする様子を、かすみは無言で見ていた。早く立ち去りたかったが、機会を逸して、巻きこまれてしまった。あまり店の問題にはかかわりたくない。

話を終えると、善右衛門はかすみを見た。

「ありがとう。おまえさんのおかげで、被害を出さずに済みそうだ」

「いえ、そんな……」

「三崎屋はいい品を扱っていたからね。商いをしてもいいと思っていたところなのに。まったくひどい話だよ」

善右衛門の声は明るかった。素直に、かすみを褒めているのだが、それは彼女にとって好ましいことではなかった。

「本当におまえはできる子だ。手代に取り立てた甲斐がある。これからも、よろしく頼むよ」

善右衛門に言われて、かすみは頭をさげた。自分の意志を告げることはできないままだった。

そのまま座敷を出ると、かすみは誠仁に断って、屋敷の奥に向かった。力強い初夏の日射しを感じながらたどり着いた先は、寝所だった。

襖を開けると、布団に横たわっていた女性が、かすみを見た。顔は青白く、動きも鈍《にぶ》かった。

「まあ、帰ってきていたのね。来てくれるなら、床をあげたのに」

女性が半身を起こそうとしたので、かすみはあわてて押しとどめた。

「やめてください、あきさま。どうか、そのままで」

「でも……」

「無理なさらないでください。お願いします」

「あなたまで私を病人扱いして。具合はだいぶいいのよ。今日だって、自分で起きて、身体を拭けたんだから」

笑う女性の顔は儚《はかな》げで、かすみは安心できなかった。

あきは善右衛門の嫁だ。今年二十四歳で、年は十七も離れていたが、いまだに新婚当時のような仲のよい暮らしを続けている。もともと身体が弱く、三年前に流行病に罹《かか》ってからは、具合の悪い日が多くなった。

今年に入ると、身体を起こすことすらできない日々が続き、かすみも気にしていた。

「また、そんな地味な格好をして。若いんだから、もっと派手な服を着ないと」

あきの言葉に、かすみは苦笑いを浮かべる。

「あの、あたし、もう二十ですよ」

「まだ若いでしょ。せっかくだから、あの山吹の着物を……」

「ああ、起きないでください。おとなしく、おとなしく」

かすみはあわてて押さえつける。

あきは年齢のわりに子どもじみたところがあり、振る舞いも突発的だった。表情が豊かで、楽しいことがあれば思いきり笑い、哀しいものを見ると、さめざめと泣く。かすみからすれば、普段の考え方もひどく幼く思える。

そのせいか侮る者もいたが、じつのところ、あきが鋭い観察眼と洞察力の持ち主だということに、かすみは気づいていた。

状況を正しく分析し、家業の行く末を判断できる優れた才を持っている。

あきの働きがどれほど店を助けているか、知っているのは、かすみと誠仁ぐらいだろう。

「今日も仕事だったんでしょう。大変だったみたいね」

「ええ、それはまあ」

「奥に来るなんて、珍しいわね。なにかあったの」

乞われるままに、かすみは今日の出来事を語った。

「そう。高田屋さんがそんなことに」

あきの顔色は曇った。事態を察する能力はさすがだ。

「たぶん、高田屋さんの商いがうまくいっていないことを知って、手を出したんだと思う。傷は思ったより深いかもしれない。丁稚に声をかけているぐらいだから、もう番頭や手代は仲間に引っ張りこまれているかもしれないわね。高田屋さんの知らないところで」

「そんな……」

「高田屋さんとの商いは、止めたほうがいいわね。残念だけど」

淡々とした口調が、かえって心に刺さった。仁吉の実直な顔が思い浮かんで、かすみの胸は痛む。

「そんな顔しないで。まだ取り返せるから」

「は、はい」

「早く気づいてくれてよかった。やっぱり表に出てよかったわね」

あきの言葉に、かすみは顔を曇らせた。

「正直、手代は嫌です。できれば、奥向きの仕事をしていたかった」

「どうして。人前で働くのは嫌？」

「目立つのは嫌です。あたし、でかいから」

「それだけ？　もしかしたら、出自のことを気にしているんじゃないの」

図星だった。かすみがなにも言えずにいると、あきが笑った。

「気にしなくていいのに。あなたが将軍さまの血を引いていることは、あたしたちしか知らないんだから」

かすみはうつむいた。

彼女の父親は、徳川家斉……いわゆる、公方さまだった。

お忍びで、上野に遊びに出たとき、面倒を見た町女に手を出した。会ったのは一度だけで、そのときの奇縁でかすみを授かった。

母親はかすみを産んだが、産後の日だちが悪く、三月《みつき》もしないうちに死んでしまった。

身寄りを失ったかすみは、上野の尼寺に引き取られ、そこで育った。

真実を告げられたのは十歳のときで、面倒を見てくれた尼僧が彼女を呼び、将軍家から預かったという小刀を渡しながら語ってくれた。

正直、かすみは話の内容が理解できなかった。

将軍さまと言われても、あまりにも遠くすぎて、父親として実感できない。さながら空や雲のようなもので、そこにはあってもつかむことのできない存在で、それが父親と言われても困る。

自分に肉体を授けてくれたのはたしかなのであろうが、将軍家と血のつながりがあると言われても、絵空事にしか思えなかった。

武家屋敷への奉公という話を断って、かすみが川崎屋に奉公する道を選んだのも、将軍の娘という実感が乏しかったからだ。商家の裏方で一生を過ごすことができれば、それで十分だった。

にもかかわらず、たまたま商売の話をふたつほどまとめあげたおかげで、善右衛門から手代になるように言われ、かすみは店に出て働くようになった。

いまでは男の手代と同じような仕事をして、売上も伸ばしている。

女の手代は本所でもほとんどおらず、ひどく目立つ。

ただでさえ、背が高くて人目を惹くのに、さらに注目されてしまって、かすみはうんざりしていた。

「まったく、罪な将軍さまね。あなたがただの娘なら、もっと気楽に生きられたのに」

「そう思います。鬱陶しいです」

かすみは懐から小刀を取りだした。

名は流星剣。漆塗りの鞘におさまった一品は、彼女が将軍の娘であるという証しだ。柄には、両耳を押さえた猿の絵と、葵の紋所、さらには家斉の名前が記されている。

将軍の、ちょっとした気まぐれが、いまのかすみの境遇を作りだした。

聞いたところによると、将軍の子どもは五十人もいるらしい。

まったく、どれだけ手を出せば気が済むのか。自分の父が特別なのか。そもそも、男という生き物はどこか壊れているのか。よくわからなかった。

「同じ境遇の人がいるかもしれないわねえ」

「そうかもしれません」

「面倒くさくなったら、お嫁に行ってもいいのよ。将軍さまのことは言わないであげるから」

いきなり話が変わって、かすみは驚いた。うまくついていけない。

あきは笑って話を続ける。

「誰か好きな人はいないの」

「いません」

「言い寄ってくる人もいないの」

「まったく。あたし、男の人には好かれませんから」

自分で言って、かすみはみじめになった。背の高さや顔の作りを呪ったことは数えきれない。もちろん、出自のことも。

すべてを運命と割りきってしまえるほど、かすみは世界に迎合してはいない。

「そうかな。あたしが男だったら、放っておかないけれどな。ああ、そうだ、いい紅があるから、あれを使ってみるといいかも。見た目が変わるから」

あきが跳ね起きようとするところを、なんとか押さえつけて、かすみは立ちあがった。

「ま、また来ます」

「そう。紅が欲しくなったら言ってね。あたしは使わないから」

そこで、あきはかすみを見あげた。

「……あと、おゆみちゃんのこと、気にかけてね。お願い」

気づいていたか。さすがだ。

かすみは一礼すると、ゆっくりと寝所を出た。

三

かすみが川崎屋を出るのにあわせて、厚い雲が頭上を覆いはじめた。風も湿気を帯びてくる。

雨は嫌だった。濡れるし、泥は跳ねる。なにより、自分が将軍の娘だと告げられた日にも、霧雨《きりさめ》が降っていた。身体にまとわりつく粘《ねば》っこい空気は、いまでも記憶に残っていて、空からしたたる水滴は嫌な思い出と直結していた。

緑町から北にあがって、旗本七千石の大きな武家屋敷を抜けると、三笠町だった。

ふと表店の一角を見つめると、背の小さな娘が所在なげに立っていた。ふうと小さく息を吐く姿には、寂しげな空気が漂う。

思わず、かすみは声をかけた。

「おかよちゃん」

かよと呼ばれた娘は顔をあげた。

「ああ、かすみさん。おひさしぶりです」

「祝言を挙げてからだから、もう三月《みつき》になるね。どう、元気にやっている」

「あ、はい。なんとか」

かよは笑ったが、そこには痛々しさがあった。

「なにかあったの」

「いえ、たいしたことでは」

「そんな顔をしていて、それはないでしょ。せっかくの美人が台無しじゃない」

「いえ。美人なのはかすみさんですよ。うらやましいなあ。それだけ背丈があったら、目立って、ばりばり人も呼びこめるのに」

「呼びこめるって、それは……」

「うちの店、あまりうまくいっていなくて」

かよはぼやいて、ちらりと後ろを見た。そこには、彼女の夫が開いた飯屋がある。

夫の佐太郎《さたろう》は、長年、深川の料理店で修業してきたが、結婚を機に三笠町で一杯料理の店をはじめた。店の名前は『さかよ』と言い、卵がゆと小禽《ことり》ぞうすいが名物だった。

かすみも食べさせてもらったが、絶妙なやわらかさとかゆに新鮮な玉子があわさり、そこに流山《ながれやま》名産の醬油が加わって、見事な味わいを作りだしていた。

女の身で、つい二杯、三杯と食べてしまい、かよに笑われたほどだ。他の品物も値段のわりに手がこんでいて、かすみは手当たり次第に頼んだ。

しかし、いま見たところ、店には人の気配がなかった。店に入る者はおろか、のぞく者もいない。そこに食べ物屋があることがわかっていないようで、これが毎日ではしんどいだろう。

「食べてくれれば、わかるのに」

かよの声は細かった。

「だけど、入ってくれる人がいなくて。看板も出してみたんですけれど。佐太郎さんは大丈夫、これからだって言っているんですけれど、やっぱり落ちこんでいて。あたし、なにもできなくて」

かよはうなだれた。いつもは元気な娘が落ちこんでいると、なんともせつなくなる。

かすみは、店と周辺の表店、さらには人の動きを見やった。

ふと、遊び人の男が笑って長屋裏に消えていったとき、閃きが走った。

「ねえ、かよちゃん。あの立て看板。逆さにしてみて」

「え。それ、どういう……」

「ひっくり返して、裏を大通りに向けるの」

さかよの看板は、表通りに向いていた。店の場所を示すのであるから、当然なのである。だが、それがうまくない。

「でも、それじゃ、お客さんに見えなくなってしまう」

「大丈夫だから。早く」

かよは首をひねりつつも、言われるがままに看板を逆の向きにした。戻ってこようとしたので、かすみは手を振って、その場を離れた。

すれ違いざまに、新道から若旦那とその取り巻きとおぼしき男が姿を見せた。

「なんか腹が減ったねえ。遊びに行く前に、ちょっとどこかに寄りたいね」

「若、あそこに飯屋がありますぜ。かゆをやっているみたいで」

「おう。そうだね。ちょうどいいねえ。でも、あんなところに店があったかね」

「ああ、看板がさかさまみたいですね。こっちは目立ちたくないから、長屋の新道を使いますからね。表通りからじゃ気づかないはずだ」

「どうりで、いままで知らなかったはずだよ」

笑いながらふたりが並んで店に入ると、かよの出迎えの声が響く。

それにつられて、道を行く左官が店に足を向け、いままで無関心だった大店の主とおぼしき男も足を止める。

流れが変わる。

それを確かめると、かすみは微笑みながら横川に足を向けた。長崎橋《ながさきばし》まで達したところで、川に沿って清水町へ向かう。

たしか、ゆみは今日、使いで清水町の古着仲買を訪ねるはずだ。

川崎屋の下女のゆみは、三年前に奉公に入った。決して器用ではなかったが、裏表なく働く娘で、あきも気に入っていた。

かすみよりは五つ年下で、ときおり甘えてくる姿がかわいく、いつしか妹のように思っていた。

ゆみの様子がおかしくなったのは、ふた月ばかり前のことだった。勝手に店を抜けだし、二刻《にこく》も帰ってこなかったのである。

じつのところ、それは連絡の不備で、ゆみは同僚の下女に出かける旨は伝えていたのであるが、それがうまく届かなかった。

事情がわかって大事にはならずに済んだものの、許しを得る前に、勝手に出かけた罪で、ゆみはさんざん叱られた。

その日以降、ゆみはごく短い時間、店を抜けだし、姿を消すようになった。この半月は毎日のように続き、下女だけでなく、小僧も気にするようになっていた。

大きな騒ぎになってからでは困る。ゆみは川越《かわごえ》の生まれで、両親が死ぬと親戚をたらいまわしにされ、川崎屋に来るまで、決まった住み処はなかったと言っていた。もし店を追いだされたら、居場所はなくなってしまうだろう。

清水町に着いたところで、かすみは遠くから仲買の店をのぞいてみたが、ゆみの姿はなかった。すでに用事を済ませてしまったのか、それとも、ほかにどこか寄っているのか。

人夫の声を聞きながら、かすみは河岸をうろつく。

「おう。かすみちゃんじゃないか。どうしたんだい、こんなところで」

聞き慣れた声にかすみは顔を向けると、顔立ちの整った男が立っていた。

納戸の縞縮緬《しまちりめん》を粋に着こなす姿は、男の多い河岸でも目を惹く。髷も月代もきちんと手入れされていて、清々しい見た目を作りだしていた。

「これは三河屋の若旦那。お疲れさまです」

「他人行儀だなあ。太一郎《たいちろう》って呼んでくれよ」

「なにをおっしゃいますか。三河屋と言えば、本所一の古着問屋。なれなれしくしたら、なにを言われるか」

「俺がいいって言っているからいいんだよ」

太一郎は笑った。その姿は、じつに清々しい。

三河屋は本所屈指の古着問屋で、その名は川を越えた富沢町《とみざわちょう》まで届いている。主の清太郎《せいたろう》は七代目で、本所の商人を一手にまとめる顔役を務めている。

仕事にあぶれた者を積極的に雇うことで有名で、先だっての北割下水の整備では、お上に声をかけ、本所の無宿人《むしゅくにん》をまとめて仕事場に送りこんだ。

太一郎はそのひとり息子であり、早々に三河屋を継ぐと言われている。十代のころはさんざんに暴れて、お上にも迷惑をかけたが、二十歳前には悪さをぴたりとやめて、いまでは仕事に打ちこむ日々を送っていた。

仕入れの才があるようで、引き取ってきた品物はどれも上質、しかも安かった。ときおり上方に赴いて、男物の小袖を買ってくるが、またたく間に売れた。

善右衛門も、太一郎が仕入れをしたと聞くと、小僧に様子を見にいかせるぐらいで、商人として一目、置かれていた。

「こんな場所まで出てくるなんて」

　太一郎は左右を見まわした。

「このあたりは荒くれ者が多い。女ひとりじゃ駄目だよ」

「大丈夫ですよ。あたし、大女ですから。誰も声なんかかけません」

「そういう話じゃねえんだよ。さあ、行くよ」

　太一郎はかすみの腕を取って、河岸から離れた。足をゆるめたのは、三笠町まで戻ってからだった。掘割に沿って、ふたりはゆっくりと歩く。

「で、なにか用があったのかい」

「たいしたことじゃありませんよ。ちょっと気になることがあって」

「男かい」

「違いますよ。それより、若旦那こそ、こんなところまで、どうしたんですか」

「ああ、例の三崎屋に絡んでのことさ。うちも少し巻きこまれてね」

「まあ、それは……」

「怪しいから手を出すなって言っておいたんだが、若い奴が焦って買い付けにかかわった。その手当で、大わらわさ」

「高田屋さんも、巻きこまれているようですよ」

「ああ、聞いたよ。こいつは大事になるぞ」

太一郎は頭を掻いた。顔をしかめる姿すら、なんとも目を惹く。

「いろいろあって、頭がこんがらがってきたよ。どうだい、かすみちゃん、向島まで花を見にいかねえか。三日、いや、五日後でどうだい」

「遠慮しておきますよ。仕事もありますから」

「だったら、大川端《おおかわばた》の花屋敷はどうだい。あそこなら近いだろう」

「よしてくださいよ。あんなところでうろついているのを見られたら、噂になってしまいますよ。それじゃ、困るでしょう」

「俺は、困らねえよ」

太一郎の声が低くなった。視線はあえて合わせずにいる。

「わかっているだろう、かすみちゃん。俺は本気なんだぜ。だから、こうやって声をかけている。おまえさんといると、心が浮き立つんだよ」

「……さすがは遊び人。何人に、そうやって声をかけているんですか」

「そんなんじゃねえって」

太一郎のいらだちを、かすみはあえて無視した。

彼がかすみを誘うようになってから、およそふた月ほどが経つだろうか。

はじめは冗談だと思って、軽くいなしていたが、顔を合わすたびに声をかけられ、そこにある種の熱がこもっているとなれば、笑ってもいられなくなった。

太一郎がのめりこんでいるのはわかる。彼もそれを隠そうとはしない。

好意を向けられるのは嬉しかったが、それ以上に、かすみは恐れが優った。

自分のような娘が好かれてもよいのか、どうしようもない男の劣情から生まれ、父母の顔も知らずに育った者が、人の愛情を受け止める資格があるのか。

見目《みめ》が整っているのならばともかく、町でも目立つ大女だ。どう考えても、振り向いてもらえるわけはない。

「誰か好きな男がいるのかい」

「……いいえ」

「だったら……」

「よしてください。人が見ていますよ」

かすみは、太一郎から離れた。触れられた腕がひどく熱い。

情に流されるのは怖い。つまらぬ欲情から生まれた自分が気持ちの赴くままに突っ走ったら、どうなるのか。劣情が爆発したら、面倒を見てくれた人たちにも申しわけが立たない。

「若旦那は、三河屋を背負っているじゃありませんか」

努めて、かすみは明るい声で言った。冗談にするより、逃れる道はなかった。

「それとも、店を捨てて、あたしと生きてくれるんですか」

「それも悪くねえな」

低い声で言われて、かすみは太一郎を見る。そこには、驚くほど真剣な顔がある。

呑まれて、かすみが口をつぐんでしまったところで、太一郎の目線が動いた。

「お、あそこにいるのは、おゆみちゃんじゃねえか」

振り向くと、割下水の近くで、山吹色の着物が揺れた。たしかにゆみで、照れくさそうにうつむいているのは、隣りに男がいるからだろう。

「ほう。あれは、上尾屋《あげおや》の若旦那じゃねえのか」

「え。あの古着屋のですか」

「ああ、成之介《なりのすけ》だ。へえ、おゆみちゃんに手を出すとは、なかなか見る目があるな。あの娘は、いい子だ」

「さすがに遊び人。よく見ていますね」

「そうじゃねえよ。おまえと一緒にいるから気になっていたんだ」

太一郎はあわててごまかした。わざとなのかもしれないが、おかげで空気がやわらいだ。

ゆみと成之介は、かすみたちが見ていることも知らずに、水面を見つめている。距離の近さを見るかぎり、相当に親密な関係であることがわかる。

ここのところ、ゆみが姿を消していたのは、成之介と会うためだった。照れくさそうな表情から、ゆみが心を寄せていることがわかる。

これなら安心だ。悪さに巻きこまれていなければ、それでいい。できることならば、ふたりがうまくいってくれれば、なおさら……

「でも、待てよ。たしか、成之介は……」

太一郎が告げた話は、意外なものだった。

四

翌日、かすみはゆみに声をかけようとしたが、きっかけをつかむことができなかった。太一郎から聞いた話が事実だったら、ゆみは大変なことになる。早いうちに、彼女がそれを知っているのか確かめておきたい。

だが、気安く声をかけるということが、うまくできなかった。これまで浮いた話を避けていたのが、災いした。

意を決して、かすみが台所へ向かうと、誠仁が廊下を歩いてきた。

「かすみ、おゆみを奥に待たせてある。話を聞いてやってくれ」

思わぬひとことに、かすみは誠仁を見た。真剣な表情から、彼もまた事情を知っていることに気づいた。

「女同士のほうがいい。よろしく頼む」

「ありがとうございます」

手筈を整えてもらって、申しわけない。かすみは一礼すると、言われた座敷に赴いた。

すでにゆみは待っており、両手を膝に置いて畳を見ていた。

丸い顔に、いつもの明るさはない。強張っていて、つつけば弾けてしまいそうだった。

「おゆみちゃん」

かすみはゆみの前に座ると、その手を取った。

「ちょっと話を聞かせてもらいたいんだけど、いいかな。べつに悪い話じゃないから」

「あ、あの……成之介さんのことですよね」

ゆみの目には動揺があった。安心させるため、かすみは握る手に力をこめた。

「そう。もしかして付き合っているの？」

「はい。三月《みつき》前に声をかけてもらって、それから親しくなって……向こうが様子を見にきてくれたり、あたしが様子を見にいったりで」

「そう。店からいなくなっていたのは、そういうわけだったの」

「申しわけありません。けれど、仕事はちゃんとやっていました」

「わかっている。おゆみちゃんが、きちんと家のことをしていたのは。手は抜かないよね。そういうところ」

「好きな人に会うんだから、そこはちゃんとやろうと思って」

ゆみは笑った。可憐な野菊のようで、内側から美しさがこみあげてくる。

かすみは、あふれだす色気に圧倒された。人を好きになると、ここまで女になるのか。自分も、こんなふうな顔を作ることができるのだろうか。

ゆみが幸せを感じているのは、たしかだろう。それでも、わずかながら暗い影をひきずっているように見えるのは、事情を知っているせいかもしれない。

「成之介さんへの気持ちはよくわかった……でも、話は聞いているよね」

ゆみは息を呑んで、うつむいた。

「は、はい」

「そう。上野の古着問屋、大和屋さんの娘と結婚するって話」

ゆみはうなずいた。その目には涙がある。

昨日、太一郎は、成之介と大和屋の間で婚儀が進んでいると語った。

上尾屋は本所の古着屋で、手堅い商いで知られていたが、ここのところ新興の古着屋に押されて商売がうまくいっていなかった。深川の置屋との付き合いに失敗し、それを取り返すべく、上方から古着を仕入れて、武家筋への卸をはじめたのだが、それも慣れない相手の商売とあってうまくいっていない。そのうちに手元資金が怪しくなり、小僧や手代を減らして対応していた。

そこに声をかけてきたのが大和屋で、本所への商いを伸ばすため、小まわりの利く古着屋を探していた。大和屋には娘がおり、それで結婚すれば借金は肩代わりするという条件で、一気に話を進めていた。

「いつ縁談が本決まりになっても、おかしくないみたいね」

「あたし、遊ばれていたってことですよね」

「話を聞くかぎりではね。知っていて、あなたに手を出していたんだから」

ゆみはうつむいた。

正直、この先のことを、かすみは考えていなかった。もしかしたら、成之介の縁談について知らないのではと思って声をかけたのであって、知っていたのならよけいなお世話であった。先々のことは、ゆみが決めるだろう。

気まずい空気が流れるなか、かすみはその場に座っていた。

「やっぱり、あきらめるのがいいんでしょうね」

ゆみが、ぽつりとつぶやいた。

「相手は、問屋の娘さんですものね。古着屋の若旦那にとっては、これ以上もない相手ですよね。単なる下女のあたしには、どうしようもありませんよね」

そんなことはないと言うのは簡単だったが、かすみは黙っていた。中味のない慰めを言ったところで、相手の心には届かない。

「いまは、あたしのことを好きと言ってくれていますけれど、時が経てば、きっと変わってきますよね。だって、向こうにはお金があるんだから」

「まあ、そうだね」

かすみは応じた。詭弁を弄するのは、面倒だった。

ゆみは大きく息を吐いて語った。

「わかりました。あきらめます。そもそも、立場が違ったんです」

淡々とした口調だった。

だが、それが、かすみの癇に障った。

あきらめる。なるほど、それは正しいのだろう。

だが、ゆみの思いは、その程度だったのか。金持ちで、誰が見ても正しいと思うような相手が出てきただけで、引っこんでしまう好意だったのか。興醒《きょうざ》めだった。人を好きになるというのは、もっと弾ける思いがあってのことではないのか。

少なくとも、かすみはゆみに、強い思いを期待していた。

だから、思わずつぶやいていた。

「本当に、それでいいの」

ゆみは顔をあげた。その表情は青ざめていた。

「あきらめたら、成之介さんは、あんたが知らない女のものになるんだよ。その女の手が成之介さんの顔を撫《な》で、口が肌を吸うんだよ」

臍《へそ》の下で血がたぎるのを感じつつ、かすみは語った。

強烈な熱が身体に広がるのを、懸命におさえた。

父親の血に流されるわけにはいかなかった。あんな獣、認めるつもりはない。

「それでもいいのかい」

「嫌です。そんなの」

ゆみが弾けた。その手が、ぎゅっと握りしめられる。

「あの手は……あたしのものです。渡したくなんてありません」

手が何度も開いては閉じる。それは、男の感触を確かめているかのようで、そこにかすみは、ゆみの欲望を見た。なまめかしい汗が背筋を流れる。

「わかった。なら、確かめよう」

「確かめるってなにを」

「若旦那の気持ちよ。あなたをどう思っているか」

それがはっきりしなければ、先に進めない。面倒に巻きこまれたと思いながらも、かすみは立ちあがった。

五

その日のうちに、かすみは上尾屋に赴き、成之介を呼びだした。背の高い女手代のことは本所でも名が知られており、すぐに彼と会うことができた。

「なにか御用でしょうか」

「もちろん。用があるから呼ばせていただきました」

かすみの前に立ったのは、背の小さな男だった。

黒の羽織に、茶の小袖といういでたちは、店の跡継ぎにしては地味だ。服の質もあまりよくない。それでも髷をしっかり手入れし、鬢《びん》に油をしっかり塗っているあたりには、誇りを感じさせる。

朴訥《ぼくとつ》という印象を感じる。昨日、見かけたときと、それは変わらない。

剣幕に押されたのか、成之介はかすみを奥の座敷に通した。正直、助かる思いがした。店先で浮いた話をして目立ちたくはなかった。

成之介が腰をおろすと、かすみは話を切りだした。

「単刀直入に言わせてもらいます。ゆみちゃんの件です。若旦那は、あの子を弄《もてあそ》んだのですか」

「い、いえ、そんなことは」

「でも、話を聞くかぎり、そうとしか思えませんよ」

「それは誤解です。私はおゆみちゃんのことが本当に好きで」

「だったら、どうして縁談を引き受けたんですか。筋が通らないでしょう」

「あれは、父が勝手に決めたことなのです」

成之介は、自分の知らぬうちに縁談が進んでいて、話がほぼ固まったところでようやく真相を告げられたと語った。父親は、成之介がゆみと逢い引きしていたことを知っており、最初から別れさせるつもりで、物事を進めていた。

一方の成之介は、ゆみを好ましく思っており、一緒に暮らすことを考えていた。

「どこがよかったんですか」

「あの優しさです。手で頬を触られて、ひと声かけられると、つらい思いがいっぺんに消えていくのがわかりました」

ゆみが古着問屋の下女で、古着業界のしきたりにくわしいことも、心を寄せる理由になった。なにを話しても最後まできちんと聞いて、考えを理解してくれるのが嬉しかったようだ。

「だったら、さっさと言ってしまえばよかったんです。そうすれば、こじれずに済みましたよ」

「できませんよ。店が傾いたままでは」

具合のよくない上尾屋に嫁いでくれ、とは言いにくかったのだろう。

そこにかすみは男の意地を認めたが、一方で馬鹿馬鹿しいとも思った。一緒にやっていく決意がなかったのだとすれば、ゆみを舐めている。

話を聞くかぎり、成之介は大和屋との縁談に後ろ向きであり、父親とも話しあいをしているようだ。それでも、いまのところ、流れは変えられていない。

「いっそ、家を出てしまえばどうでしょう。後腐れはありません」

「それは無理です。私は大和屋の跡取りですから」

成之介の言葉は歯切れが悪かった。

たしかに、勝手な都合で若旦那が店を出れば、動揺が走る。ただでさえ上尾屋は傾いているのに、店の者が踏ん張っているのは、跡継ぎがしっかりしているからで、なんとか盛りあげていこうと考えているのかもしれない。男女の都合で、それを捨てるのも無責任だ。

そこで、太一郎の言葉が頭をよぎる。

彼は、店を捨てる、と言った。

あれは、なんだったのか。もし本音だとしたら……。

かすみは頭を振った。いまは、太一郎のことを考えている場合ではなかった。

「そうですか。話を聞かせていただいて、ありがとうございます。おかげで、ゆみを弄んでいないことはよくわかりました」

「それは、なによりです」

「ですが、いまのままでは、縁談が進んで、若旦那がゆみを捨てることもわかりました」

「そんなことはしません。父を説得して……」

「できるのですか」

成之介は沈黙した。

予想どおりだったので、かすみは用意していた話題をはじめた。ここからが勝負だった。

「ならば、こちらから動くよりありません。攻めましょう」

「な、なんですか」

「若旦那は、おゆみちゃんを嫁に迎えてもよいと思っているのでしょう」

「は、はい。それはもう」

「だったら、お父上に、おゆみちゃんでもよいと思わせればよいのです。真っ向勝負で認めさせせます」

「それはそのとおりですが……いったいどうやって」

「まかせてください。考えがあります」

成之介の表情には疑念が浮かんだが、かまわず、かすみは先を続けた。

六

翌日からかすみは動いた。

彼女の狙いは単純明瞭で、上尾屋の売上を伸ばすことだった　店が傾いているから、大和屋から嫁を迎えねばならず、そのあおりで、成之介とゆみの関係は断ち切られる。

それならば、店をうまくまわして、借金が返せるような形を作りあげればいい。世間的に、あの店は立ち直ったとの評判が流れれば、あとは成之介たちがそれをしっかり守っていくのである。

なお、策の主導権を握るのは、成之介でなければならない。息子が親の後始末をつけて店を立て直せば、主導権はあきらかに変わる。

大事なのは、息子の手腕で、上尾屋の評判をあげることだった。

「でも、どうやって。値引き合戦じゃ、ほかの店にはかないませんよ」

「わかっています。そこで戦うつもりはありません」

成之介の判断は正しい。

値引きは、負けている側が仕掛けても、うまくいかない。

一時は売れ行きが伸びても、値を戻したら、ぱったり足が止まってしまい、最後は干あがってしまう。本所の住民は、そのあたりの見切りが厳しく、値下げはむしろ店がうまくまわっていない証しと見る者もいる。

いい品物があるのならば、堂々と正価で勝負すればいい。

「割引は絶対にしません。品がよいと思ってくる客に買っていただきましょう」

「ですが、店に呼びこむ算段は……」

「あります。手筈は整えております」

勝負に出たのは、話をしてから五日後だった。

かすみは、上尾屋からもっとも上質な女物の着物を借りだすと、本所の有名茶屋に預けて、店の娘に着てもらった。店先に出るときにはもちろんのこと、普段、町を歩くときにも、上尾屋の着物を身につけてもらい、人目を惹くように工夫した。

このとき、かすみが選んだ茶屋は、高級な店ではなく、庶民が立ち寄る町の店ばかりだった。妙源寺《みょうげんじ》や最勝寺門前の茶屋の娘にも預けたし、両国の橋詰めで店を開く、年増の女にも何着か託した。

いわゆる着物合戦であり、勝負は町を行く者に見てもらうところにある。

得意先に商品を持ちこみ、選んでもらうやりかたは、評判を落とした上尾屋には難しい。

よい品物を持っていても、店の名前で跳ね返されてしまう。それならば、道行く者に見てもらい、その評判で買いにきてもらうほうが簡単だろう。

周到にも、かすみは読売《よみうり》に頼みこんで、上尾屋が着物合戦の記事を書いてもらった。本所の町娘から、もっともよい娘を選ぶ。それは、すべて上尾屋が着物を提供しているという内容だった。

彼女が選んだ読売は、本所でも名が知られていて、以前、両国で茶を飲んでいるときに漏れ聞こえた話をしっかりと覚えていた。

かすみは地獄耳で、どんな話も聞き逃さないが、それ以上に、一度、聞いた話を決して忘れないという能力を持っていた。

三崎屋の件を早々に知ったのも、手代の話を聞いただけでなく、それ以前にまわりの者から、あの店はおかしい、という評判を聞いて覚えていたからだ。

年齢のいった仕入れの仲買が、ぽろりと洩らした話を記憶していて、それを活かしたのである。

今回の仕掛けについても、かすみは、どの町娘が評判なのか、覚えていた。

じつのところ、この仕掛けは、川崎屋の売上を伸ばすために考えていたが、目立つのが嫌だからと封印していた。奥向きの仕事に戻ることが、かすみにとっては優先事項であり、これ以上、手代の仕事に手を取られるのは面倒だった。

他の店のために仕掛けをおこなっていることが、それとなく主の善右衛門の耳に入ったらしいが、軽くたしなめられたくらいで、とくに叱られはしなかった。

誠仁もかすかに苦笑いを浮かべただけで、なにも言ってきはしない。

初夏の季節に押されて、人が出歩いていることもあって、かすみの仕掛けは、思いのほか大きな効果を発揮した。

頃合いを見て、上尾屋の小僧が町娘の供を務めたこともあり、上尾屋には客が殺到した。これまでに付き合いのなかった大店からも、一度、店に来てほしいとの声がかかり、成之介がみずから出向くこともあった。

店の評判は一気にあがり、上尾屋は活気づいた。

七

「おもしろいことをやっているねえ」

かすみが男に声をかけられたのは、高田屋の様子を見にいった帰りだった。

三崎屋の件は大事になっており、町方も動きだしていた。川崎屋にも、本所廻りの矢野剣次郎が姿を見せ、話を聞いていったほどだ。

気になったかすみは、様子を見に北本所に赴いていて、区切りがついて緑町に戻ってきたときには、正午をとっくに過ぎていた。

「あんたか……和田《わだ》新九郎《しんくろう》」

視線の先には、背の高い男がいた。ほっそりとした身体つきで、肩幅はせまく、胸板も薄い。惣髪《そうはつ》にしていることもあって、あたかも女のような印象を与える。

やわらかい顔立ちも、それに拍車をかけていた。

女装で外を歩けば、誰も男とは思わないだろう。不思議な風情を漂わせているが、それに惑わされてはいけない。

かすみは、新九郎を見やった。顔を見るときに視線をあげる相手は、いまのところ彼だけだ。

「おう、私だよ。かすみちゃん。ひさしぶりだね」

「あたしは、あまり会いたくなかったけれどね」

「つれないな。私がなにかしたかい」

「なにもしていない。ただ、面倒くさいだけ」

新九郎は、本所入江町の置屋、誠屋《まことや》の跡継ぎで、この先、入江町の色街をまとめあげると目されている人物だった。

年は二十なかばといったところで、見た目からは、はっきりとしない。八歳のころに誠屋に引き取られて、その後は名物女将《おかみ》の手で育てられた。

腕っ節の強さは、本所でも屈指だった。肩に乗せた棒を振りまわし、あっという間に荒くれ者を倒していく。

三月《みつき》前には北辻橋《きたつじばし》の西詰で、旗本の次男坊たちを相手に大立ちまわりを演じた。かすみもその場にいたが、棒の扱いは卓越《たくえつ》しており、その動きを見切ることはできなかった。

絣《かすり》の着物でも着ていれば、さぞ男伊達《おとこだて》が映えるだろうに、わざと白地に花柄をまぶした女物を着ているところに、彼の不思議さがある。

「聞いたよ、上尾屋の件。なんでも、息子の嫁探しにかかわっているらしいじゃないか。じつは、かすみちゃんも候補のひとりなんじゃないかい」

「よしておくれ。あたしは邪魔をしているほうだよ」

「知っているよ。ちょっとからかっただけだ」

新九郎は笑った。うまく弄ばれた。

どういうわけか、かすみは新九郎が相手だと、むきになってしまう。

言葉遊びでいじられているとわかっていても、反論に出て、いなされる。いつでも頭に血がのぼるのはかすみだけで、新九郎は平然としていた。

できるだけ顔を合わせたくなかったのは、むきだしの自分が表に出てしまうからだ。折りあいが悪いのはたしかであったが、それ以上のなにかが裏にあるように感じられてならなかった。

かすみが歩きだすと、新九郎もついてきた。

「上尾屋の売上、伸びているそうじゃないか」

「おかげさまで。あちこちに手を借りたからね」

「あれだけの女を動かすとはすごいな。どうやって、つながりを作った」

「女同士だからね。どうとでもなるよ」

「そうかな。いい贈り物をしているって聞いているぞ。なにも言っていないのに、欲しい物を届けてくれたとかで、緑町のおみちは驚いていた」

新九郎は笑った。

「さすがは本所の地獄耳。お見事じゃないか」

かすみが、茶屋の娘に普段から贈り物をしていたのは事実だった。

小耳にはさんだ好みの品を覚えていて、安値で見かけたときに買い付け、折を見て手渡していた。

うまく商売につながれば、と思ったくらいの気持ちで贈ったのであるが、受け取った娘たちからは妙に感謝された。なにかやってほしいことがあったら手伝うよ、とまで言われていたので、今回、声をかけた。

「たいしたことはしていない。皆が手を貸してくれて、本当にありがたいと思っているよ」

「このままなら、おまえさんの勝ちだね」

「勝ち負けをつけるつもりはないよ」

ゆみの話がうまくまとまってくれれば、それで十分だった。ほかに望みはない。

かすみは左右を見まわす。

周囲の視線が、ひどく気になった。彼女も新九郎も背が高く、ふたりで歩いていれば嫌でも目を惹く。

「ちょっと離れておくれよ」

「べつにいいだろう。いい女と一緒に歩くのは悪くない」

「あたしは嫌なんだよ。見られたくない」

「そうやって人目を気にしているから、かえって目立つのさ。普通にしていれば、そこいらの町女と同じになるさ。もっとも、顔はいいからな。そのあたりはどうにもならないかも」

「よしておくれよ」

「それにな。俺はあんたと歩いていると、心が落ち着くんだ。ありのままの自分でいられるような気がする。だから、こうしているのさ」

「よく言う。それ、いったい、何人の女に言っているのさ」

新九郎は女誑《おんなたら》しで有名だった。町娘から武家のお嬢さま、さらには大店の後家にまで手を出しているという噂だった。

だが、不思議と言い寄ってくるのは女で、新九郎は言われるがままに付き合っているだけだという。

「それは誤解だよ。俺は俺のやりたいようにやっているだけさ」

「けっこうなお話で。もう行っておくれ。あたしは用があるんだよ」

「嫌われたものだな。それじゃ、また」

新九郎は肩をすくめて、かすみから離れた。だが、二、三歩、行ったところで、足を止めると振り返る。

「ああ、大事なことを言い忘れていた。上尾屋の件、そろそろ駄目になるよ」

「え？」

「上野の大和屋は、なんとしても上尾屋が欲しいみたいだな。本気でくるみたいだからね」

新九郎は手を振り、竪川の河岸に向かった。

その背を、かすみは呆然と見ていた。本気でくるという言葉の意味は、よくわからなかった。

八

それを理解したのは、十日後、大和屋が本所の古着屋と組んで、新しく着物の販売をはじめたときだった。

茶屋の娘に、三河屋から卸した着物を与えて人目を惹きつけるというもので、かすみとまったく同じだった。

違ったのは規模で、本所のみならず、上野、浅草、さらには深川の北まで範囲を広げ、娘も百人を超えていた。売りはじめてから十日後には、娘たちを回向院《えこういん》の門前に集めて、派手に練り歩きの会をおこなった。

話題はまたたく間に広まり、大和屋の名は一気にあがった。手を組んだ古着屋の売れ行きもあがって、上尾屋はまたたく間に追いこまれてしまった。

かすみは、成之介に呼びだされて、三笠町の茶屋に赴いた。腹が大きくなった娘に、団子と茶を出してもらいながら、その話を聞いた。

「うまくないですよ。すっかり売れ行きが落ちてしまって。これでは、うちの店がひどいことになります」

成之介の顔は青くなっていた。

「そうですね。申しわけないと思っています」

「そんな他人行儀な」

「ですが、そうなった理由《わけ》のひとつは、上尾屋さんにもあるんですよ」

かすみが突っこむと、成之介は顔色を変えた。

「知っていたんですか」

「ええ。先だって茶屋の娘から聞きました」

じつは大和屋は、仕掛けるにあたって、成之介の父親にも手を貸すように声をかけていた。結婚がうまくいかなければ困るのは上尾屋であるとささやき、古着の一部を、自分たちにまわすよう仕向けた。

父親は、そもそもゆみとの結婚には反対であり、大店である大和屋に逆らうのは得策ではないと見て、その言葉に従った。

それが、かすみの仕掛けに影響した。本来なら、大和屋が反撃をかける前に第二段の売り出しを仕掛けて、一気に勝負をつける予定だったが、品物が少なくて娘たちに新作を渡すことができなかった。

「すみません。父が勝手なことを」

「いえ、それは。お父さまがなにかしてきても、策はありました。駄目になったのは、成之介さん……むしろ、あなたのせいです」

「どういうことですか」

「腹が据わらないからですよ。あなたは本気で、ゆみちゃんを嫁にしたいのですか」

売上が伸びている間も、成之介はかすみにまかせきりで、自分から動くことはなかった。客を訪ねるときも、これまでの品物を持っていくだけで、新しい商品を宣伝することはなかった。

かすみは語気を強めた。

「差し出がましいことを申しますが、成之介さんは父親の意に逆らって、おゆみちゃんと暮らしていくつもりなのでしょう。それは、新しい上尾屋を作っていくことで、これまでと同じやりかたでは駄目なんです」

「それは……」

「お父さまが作りあげてきたしきたりを変えて、成之介さんの店を作っていく。それをはっきりさせていただかないと、まわりの者もついていくのに苦労します。どうなのでしょうか。成之介さんは、いまのままでいいと思っているのですか」

「私の店……ですか」

「そうです。道を切り開くのは、若旦那の手腕なんです」

成之介は視線をさげた。だが、それは短い時間で、ゆるやかに顔をあげると、かすみを見た。

「おっしゃるとおりです。いまのままではいけないと思っています」

成之介は言いきった。これまでになかった重さを感じさせる。

「時は流れています。ここのところ、江戸は派手でしたが、ずっとこのままとは思えません。かならず変わるときが来ます。ですが、そのようになっても、人は装いを整えようとするものです。いい着物を身につければ、背筋が伸びますから。私はそのような人のために、よい古着を用意したいと思います」

「お父さまのように、地味な服ではなく……」

「普段着も、もちろん大事です。生きていくためには、なくてはなりません。ですが、ほんの少しだけ工夫を凝らし、人を外に出かける気にさせる着物。そういう古着があってもよい、と思うのです」

「わかります」

「それをおこなうのは、私の店です。父の店ではありません」

成之介は本音を語った。父親の意志に流されるだけの男ではなく、自分なりに先のことを考えていたようだ。だとすれば、上尾屋の未来は悪くない。

「変えていきますよ。かならずね」

「よいお覚悟です。生意気を言って申しわけありませんでした」

かすみは頭をさげた。

「では、これからやり返していきましょう。策はあります。ただ……」

「なんですか」

「これには、人の助けがいります。それを受け入れてくれるかどうか」

「そいつは、俺の話かね。かすみちゃん」

太い声に顔をあげると、太一郎がかたわらに立っていた。

「話は聞いていたぜ」

「太一郎さん。いつの間に」

「少し前から、近くの縁台にいたよ。かすみちゃんが男と会って話をしていたから、つい気になってな」

「そんなんじゃありませんよ。これは……」

「わかっているって。だから、黙って聞いていたんだ」

そこで、太一郎は成之介を見た。

「ひさしぶりだな、成之介さん。いろいろと忙しいようだ」

「こちらこそ、ご無沙汰しております」

成之介は立ちあがって頭をさげた。

「どうやら、かすみちゃんには策があるようだ。せっかくだから、どういうものか教えてもらおうか」

「ですが……」

「助けがいるんだろう。そのうちのひとりには、俺も入っているんじゃないかい」

そのとおりである。太一郎が動かなければ、この先は手詰まりになる。

安易に乗るのは気が引けるが、ここは頼るしかない。うながされるままに、かすみはみずからの策を語った。

たちまち、太一郎の目が開いた。

「すごいな、それは。どうだい、上尾屋の若旦那」

「ええ。おもしろいと思います。すごいですよ。うまくいけば、勝てるかもしれません。いえ、かならず勝てます」

成之介の頬は赤く染まっていた。興奮しているのがわかる。

「ですが、大事なことがひとつあります。品物です。やり遂げるには、これまでにはない古着が入り用で、上尾屋だけでは無理です」

そもそも、上尾屋は庶民向けの店で、規模も決して大きくない。これまでの仕掛けで品物は出し尽くしており、これ以上は期待できない。

「だから、俺の店に手伝ってほしいって言うんだろう。いいぜ。やるぜ」

「いいんですか、若旦那。大和屋さんは上野の老舗ですよ」

かすみの声は自然と低くなった。

「ここで、私たちの手伝いをすれば、大和屋さんを敵にまわすことになります。あとあと、やりにくくなりませんか」

「かまわない。ちょうどいい頃合いだ」

太一郎は豪快に笑った。

「いまのところ店はうまくいっているが、三年、四年先のことを考えると、ちと危ない。そこの若旦那が言ったように、時は動いているからな。先々のことを考えれば、このあたりで動いて、ちょうどいい」

太一郎は、深川進出を考えていることを告げた。仲町《なかちょう》や石場《いしば》といった、いわゆる深川七場所は、江戸屈指の盛り場だ。着飾った女が町にたむろし、それを男たちが品定めする。

出入りの芸者や軽子《かるこ》、下女も含めれば、着物への需要は尽きることがない。

もちろん深川には、それなりの呉服屋や古着屋が食いこんでおり、たやすく割って入ることはできない。

「そこで、今回の話よ。これに乗っかっていけば、名前が売れる。幸い、大和屋が深川を巻きこんでくれたからな。あれに勝ったとなれば、話を聞いてくれる連中は出てくる。もう話ははじめていて、あとはどうやって三河屋の名を知ってもらうだけだった。勝負に出るには、いましかないいんだよ」

「若旦那……」

「あとは、かすみちゃんが喜んでくれれば、それでいい。あんたの笑い顔が、俺は大好きだからな」

正面から言われて、かすみはどういう顔をしていいのかわからなかった。ただ手を膝の上で組んで、うつむくしかない。身体の熱さが落ち着くまでには、しばらく時間がかかった。

「わかりました。では、お願いします」

思いきって、かすみは顔をあげた。

いつまでも照れているわけにはいかない。それは自分らしくない。

太一郎が提携を申し出てくれたのだから、ありがたくそれを受ける。

おのれの不思議な感情のことは、あとで考えればよかった。

かすみがはじめた新しい策は、茶屋の娘に、これまでにない派手な着物を身につけてもらうというものだった。

白綸子にあやめの刺繍を施した一品とか、背中に紫の糸で文字を刺繍した山吹色の打掛とか、極上の一品を選びだして与えた。

白の絣で、内着の桃色が透けて見える着物は、太一郎が提供してくれた。それは横網町《よこあみちょう》の娘が着て、橋を渡る男たちの目を惹きつけた。

思いきって派手な着物を選んだのは、これまでとは違う客を、この着物合戦の場に引っ張りこむためだった。

九

武家である。

人目を惹く派手な服は、庶民には手が届かないが、大名や大身の旗本なら購入できる。面子を考えるのなら、新しく仕立てたいところであるが、無駄遣いをおさえたい武家は、古着にも目をつけており、購入する機会を狙っていた。

だからこそ、今回は武家にも話が広がるよう、本所の武家屋敷に近いところに、重点的に着物を配って着させた。

狙いは的中し、上尾屋には町民のみならず、武家の使いも姿を見せるようになった。そのうちのひとりは、五万石の大名で、あまりのことに成之介が仰天するという一幕もあった。

派手な着物は、江戸っ子の耳目も集め、読売がこぞって報じた。それが新たなる客を生むという好循環で、客は一気に上尾屋に流れた。

思わぬ事態に、大和屋はあわてて反撃に出たが、それは同じことの繰り返しで、飽きっぽい江戸っ子の興味は、ほとんど引かなかった。

逆に打つ手が尽きたと思われて、悪い評判が流れたほどだ。

そこを狙って、かすみは今度は一転して、地味な着物を娘たちに与えた。

路考茶に博多帯という格好は、今度は、町の女房たちから注目された。結婚して制約があるとはいえ、少しの工夫で気持ちが華やぐのなら、背伸びしてでも手に入れたいというのは、人情、いや女心と言えようか。

派手と地味をうまく交えたかすみの策で、大勢は決した。

上尾屋の身代は立ち直り、それを待っていたかのように、成之介は、ゆみに結婚を申しこんだ。

凜々しいいでたちの彼が川崎屋に来たのは、五月の頭のことだった。

十

かすみから事の次第を聞いて、あきは静かにつぶやいた。

「うまくいってよかったわね。上尾屋さんのこと」

あきの具合はいまひとつで、今日も床を離れることはできなかった。それでも上半身を起こして話すことを望んだので、かすみは羽織をかけてやった。

そっと胸前を押さえる姿に、どこか痛々しさを感じる。

「おかげさまで、なんとかまとめることができました」

「おゆみちゃんも、おさまるところにおさまってよかった」

あきは笑った
「店が立ち直ったところで、調子に乗って浮気したら、許さなかった。店がつぶれるまで、締めあげてやるつもりだったんだから」

「大丈夫ですよ。成之介さんは、おゆみちゃんに惚れていますから」

実際のところかすみは、何度も成之介から、ゆみのことについて相談を受けていた。

「おゆみちゃんがほかの男に取られるって、いつも心配していました。うちの丁稚と話しているのを見かけたときですら、あいつはどんな男なんだって、あたしにしつこく訊いてきたぐらいですから」

「おかしな話。本人に訊けばいいのに」

「あたしもそう思いますけれど、おゆみはおゆみで、また面倒でして」

「ああ、わかる。あの子、悋気が強いから。かすみちゃんも大変だったでしょう」

「はい。もう頭を抱えたくなるぐらいでした」

じつは、ゆみは、成之介がかすみに浮気しているのではないかと疑っていた。着物合戦のことで何度も会って話をしていたので、そこで深い仲になっていると勘違いしたらしい。

「あの子に、まっ青な顔で、若旦那と付き合っているんでしょうと言われたときには、驚いて、しばらく言葉が出ませんでした」

「おもしろい。そのときの顔を見てみたかった」

「やめてくださいよ。納得させるまで、どれほど時間がかかったことか」

つくづく面倒になって、早く終わってほしいと思ったところで、ようやく成之介が川崎屋を訪れ、ゆみとの結婚について話をしていった。

「あたし、昨日一日、動けませんでした。疲れて」

好いた惚れたの話は、もう勘弁してほしい。鬱陶しいこと、このうえない。

「でも、かすみちゃんががんばってくれたから、おゆみちゃんの話はまとまったのよ。まあ、仲人みたいなものね」

「二度とごめんですね、こんな話」

「まあ、これは縁だから。逃げても、どうにもならないかもね」

あきは笑って、かすみから着物合戦の話を聞いた。

「そう。商いはぎりぎりだったの」

「思ったよりも伸ばせなくて。かろうじて、本所の商いが優っていたので、なんとかなりました。ただ、大和屋さん、これからは大変だと思います」

じつは、着物の仕入れに、大和屋は例の三崎屋を使っていた。品物が足りなくてやむをえない処置だったらしいが、なんとも迂闊《うかつ》であった。宣伝に使った品に盗品が混じっていた、とも言われ、町方の手が入るとも噂されていた。

「三崎屋さんとつながっているって話が流れたから、他の問屋が避けてくれました。それも、こちらには助かりました」

「あら、誰が流してくれたのかしらね。おかげで助かったけれど」

「川崎屋の売上も伸びました。上尾屋に、かなりの数を卸しましたから」

ここのところ、売上の動きが悪かったので、店としても助かった。とにもかくにも損を出さずに済んで、かすみは安堵していた。

「旦那さまは、これを機会に商いを増やしたいと言っていました。武家や大店も狙っていくと」

「それは無理ね。あの人にはできない」

あきは、さらりと言った。

「あの人は、この店を守っていくのがちょうどいいぐらいなの。よけいな夢を見ると、痛い目に遭う。残念だけど、それぐらいの器量でしょうね」

驚くほど静かな言いまわしに、かすみは息を呑んだ。

あきの観察眼が優れていることはよく知っていたが、それが夫の力量にも向けられていようとは、思いも寄らなかった。すさまじい鋭さで、本質を正しく見抜いている。

「もっとも、かすみちゃんが手を貸してくれれば別だけどね。この先も、しっかり仕事をしてほしいな」

「……いえ、もう無理です。やっぱり私に手代は向いていません」

　かすみは手を振った。

「奥向きの仕事に戻りたいと思っています。できることなら、ずっと、あきさまの面倒を見ていたいかと」

「そんなことじゃ、お嫁さんに行けないわよ。あたし、長生きするんだから」

「かまいません。駄目なら、ひとりで生きていきますよ」

「それは寂しいわね」

　あきは小さく息を吐いた。

「いつか寄り添ってくれる人が出てくると思う。そのときには、目を逸らさないで、しっかりと、その人を見てね」

　かすみはなにも言わずに、頭をさげた。あきの部屋を離れて、店を出てからもなにも言わずにいた。

　寄り添ってくれる人は、本当に現れるのだろうか。つまらぬ獣の劣情から生まれた娘に、それだけの価値があるのか。

　あまりにも、自分は恵まれすぎている。

　善右衛門も、あきも、誠仁も、しっかりと自分を見てくれている。

それに値するだけの女だとは、とても思えない。もっと這いつくばって、みじめに生きていくのがふさわしいのではないか。

卑屈な思いに駆られかけたとき、行く先で手を振る男の姿が見えた。

太一郎だ。

そういえば、新しい茶店に行こうと誘われていた。曖昧な返事しかしなかったのは、その思いに応じるのが怖かったのであるが。

ふと、強い日差しを感じて、かすみは太一郎に歩み寄った。

思うがままに流されるのも悪くない。

そんなことを考えながら、彼女は人出で賑わう河岸と、そのなかで力強く腕を振る太一郎の姿を静かに見つめた。

第三話　口車

一

思いのほか暑くなったと思いながら、和田新九郎は一ツ目橋を渡った。

今日は新しい見世物があるので、多くの人が両国橋の東詰に向かっている。若い男が多いが、男に連れられて嬉しそうにしている女の姿もある。

人の多いところに出向く理由が、新九郎には理解できない。一度、両国の花火を見にいったことがあるが、押しあっているうちに花火は終わってしまい、人の頭を見ただけだった。家に戻ると、着物の袖がすり切れていて、ひどくせつない思いをしたものだ。

深川の祭りにいったときも同じで、なにがなんだかわからないうちに、三十三間堂まで押しだされ、なにも楽しくなかった。

それから新九郎は、人が多い場所には寄りつかないようにしている。無理して催しを楽しむぐらいなら、見知った女と静かに酒を呑んでいるほうがいい。

義母には、若いのに年寄り臭いねえ、などと言われるが、これぱかりはどうにもならない。

新九郎は橋を渡ると、河岸からほど近い弁財天に足を向けた。

一ツ目橋の南にある弁財天社は、元禄のはじめ、鍼灸《しんきゅう》で有名な杉山検校《すぎやまけんぎょう》が創設した。検校は若いころ、江之島《えのしま》の天女窟《てんにょくつ》に三十七日間こもって、そこで霊験を得て、鍼術の秘を獲得したと言われる。

検校は成功してからも江之島に足繁く通って、弁財天に参拝しており、その縁もあって時の将軍、徳川綱吉《とくがわつなよし》の許しを得て、本所の地にこの弁財天を勧請《かんじょう》した。

拝領地は千八百九十坪と広大で、社殿や天女窟を模した岩屋のほかに、短い参道と門前地が設けられている。

新九郎は、ゆるやかに弁財天の参道に入っていく。

西日に照らされた細い道は、ひどく暗い。灯籠《とうろう》の火はわずかで、提灯の用意もない。先刻までの騒ぎとは切り離された、別の世界である。

時刻はまもなく暮れ六つだ。長い初夏の一日も、ようやく終わりを迎える。

本所弁天の門前町は色街として知られているが、深川の仲町や新地と異なり、遊ぶときには物音を立てない。三絃《さんげん》も間拍子も許されず、客が下女を呼ぶ際にも、声をかけずに二階の畳を叩く。娼家の造りも派手さはなく、独特の風情が漂う。まさに大人の遊び場であり、訪れるのは本当の粋を知る遊び人が多かった。

新九郎はこの静けさが好きで、宮本《みやもと》という娼家にねぐらをかまえていた。女を呼ぶよりは本を読んだり、考え事をしたりすることが多かった。主人のほうも、そのあたりはわきまえていて、彼が部屋にこもっていても、無理に声をかけなかった。

新九郎は店に寄らず、そのまま弁財天を南に抜けて、小名木川へと向かった。夕陽は西の大地に触れて、その姿を隠そうとしている。熱気がわずかにゆるみ、川から吹きつける風が心地よい。

このまま川沿いに遊びにいこうかと思ったところで、やわらかい声がした。

「あら、新さん。お出かけですか」

振り向くと、黒ずくめの芸者が見ていた。島田に結いあげた髪が凛々しい。

「ああ、みやびさん。ひさしぶり」

「本当に、ひさしぶりですよ。ここのところ、声もかけてくれないんだから」

みやびは笑った。ほがらかな笑みで、つい新九郎の口元もゆるむ。

三十なかばと聞いているが、とてもそうは見えない。二十代前半といっても通じる顔立ちで、振る舞いにも隙がなかった。目元に漂う色気は強烈で、慣れない者なら、目線が合っただけで惚れてしまうだろう。

みやびは本所松坂町《まつざかちょう》に住む芸者で、三味線の名手だ。色を売ることなく、その芸だけで身を立てている。

得意の長唄は、町を行く者の足を止めるほどで、新九郎も何度か座敷をともにしたが、酒ではなく、三味線の音色に酔わされたのを覚えている。

「すまないね。ここのところ、弁天の宮本にいるからさ」

「ああ、あそこじゃ、芸の見せどころがないね。残念」

「姐さんと、しっぽり呑んでもいいんだけどね」

「やめておくよ。あんたみたいないい男と飲み明かしたら、泥沼にはまりそうだ。男はもうこりごりさね」

「そんな。姐さんの浮いた話なんて聞いたことがないぜ。さんざん袖にしたという話なら、別だけど」

「昔、あったんだよ。それより、聞いているよ。入江町のおすぎちゃんのこと。

さんざんに弄んで捨てたってことじゃない。いいかげんにしないと刺されるよ」

「誤解ですよ。遊ばれたのはこっちですよ」

新九郎は、この三月《みつき》ばかり、すぎという芸者と付き合っていたが、振りまわされて、ひどく苦労させられた。

「うんざりしたんで、別れ話を切りだしたんですけれど、さんざんに泣いてわめいて、あげくの果てにそのまま川に飛びこんで、長崎橋の欄干にしがみついていたんですよ」

「おやおや、色男はつらいねえ」

「からかわないでくださいよ。説き伏せるまで、どれだけ手間取ったか」

半日が無駄になったのだからたまらない。話がついたあと、しばらく新九郎はぐったりして動けなかった。

そのすぎであるが、騒ぎの三日後には別の男と一緒に歩いているのだから、なんとも驚きである。

やはり、女は化物だ。

「まあ、そういうことにしておくかね。初心《うぶ》な娘に手を出さないでおくれ」

「姐さんがそう言うなら。なにせ、本所芸者の元締めだからね」

「馬鹿なことをお言いでないよ。まったく、どうやったら、こんな女誑しの男ができるんだか」

みやびに責められて、新九郎は苦笑せざるをえない。

ここで、新九郎の実父が、五十人もの子どもを作った色情魔だと知ったら、なんと言うだろうか。

武家の娘どころか、町娘にも見境なしで手を出し、子どもができても、まったくかまわない鬼畜だと……。

はじめて話を聞いた時には呆れたが、その一方で、新九郎は自分がその血を受け継いでいることを強く自覚していた。いったい、これまで何人の女に手を出してきたことか。

「話はしておいたからね。ああ、あんたのご両親にもよろしくね」

みやびは手を振って、松井町に足を向けた。その仕草も美しい。

思わず笑った新九郎だったが、傾いた西日が近くの武家屋敷を照らしたところで、表情を変えた。

黒くて小さな影がうごめいている。それは、みやびの背後に貼りついたまま離れない。みやびが町に向かえば、その影も三間の距離を置いて、同じ道を進んでいく。

顔は夕闇に隠されて、よく見えない。ただ、不穏な気配は感じる。

新九郎が近寄ろうとした瞬間、影は走りだした。夕闇を切り裂く矢のように一直線に道を横切ると、みやびに迫る。その手元が異様に輝く。

新九郎は一瞬で間を詰め、男のかたわらに立った。気づいた男が彼を見たときには、その腕を押さえつけていた。

「なにしやがる」

「それは、こっちの台詞だよ。これはなんだい」

新九郎が腕をねじりあげると、短刀がきらめいた。

「これで、姐さんをやるつもりだったと」

「離せ。この野郎」

「大声を出すんじゃないよ。気づかれてもいいのかい」

男は口をつぐんだ。みやびが曲がり角に消えたところで、ようやく新九郎は手を離した。

「おまえさん、何者だい。なぜ、姐さんを狙う」

「怨みがあるからに決まっているだろう。俺は、あいつを許せない」

「会ったことがあるのかい。おまえさん、見たところ、若いようだが」

「ああ、顔を合わせているさ。生まれたばかりのころに、さんざんな」

「なんだって」

「俺は、あの女の子どもなんだよ」

新九郎は驚いて、男を見つめる。相手の顔は大きく歪んでいた。

二

弁天前の娼家に男を連れてくると、新九郎は婢《はしため》に酒の用意を頼んだ。さすがに呑まないとやっていけなかった。

新九郎が盃を差しだすと、男は受け取り、注がれた酒を一気に飲みほした。

「おまえさん、名前は」

「磯松《いそまつ》」

「年はいくつだ」

「二十歳になった」

「たしか、姐さんは三十なかばだったはず。となると、十五くらいの子か」

新九郎は、磯松を見やった。

「それで、姐さんの子どもって話は本当なのか」

「本当だ。なんで、俺が嘘をつくんだよ」

「もてる女は、逆恨みを受けやすい。おまえさんが岡惚《おかぼ》れのあまり、血の気をたぎらせたのかと思ったのさ。証しはあるのか」

「ある。だが、見せるつもりはない」

磯松は顔をそむけた。耳の裏には、大きな傷の跡がある。襟元や手の甲にも切り傷がいくつも見てとれ、堅気《かたぎ》な人生を歩んでいないことは簡単に見てとれた。

「なら、おまえさんの身の上を聞かせてもらおうか。それで、話が本当かどうか決める」

磯松は渋ったが、新九郎にうながされると、話を切りだした。

彼が生まれたのは本所の北、小梅村の農家だった。みやびが子どもを産むために住まわせてもらったところで、知り合いの農民に話をつけて借り受けたのだという。当時、すでにみやびは本所で芸者を務めていて、金のゆとりはあった。

「父親は」

「知らねえ。あいつと別れたのは、俺が一歳のときだ。なにも覚えていない」

事情はわからないが、みやびは磯松が幼いうちに彼を手放したらしい。その後、本所の芸者に戻ったとみられる。

「預けられた先は、地獄だったよ。もらわれっ子ということもあって、ひどくいじめられてな。一度だって、満足に眠れた日はなかったぜ」

磯松は顔をゆがめた。

「いちばんひどかったのは、上の娘だった。殴る蹴るはあたりまえで、ちょっと油断すると、背中を押して川に突き落とすんだよ。何度も溺れかけた。それを岸から見てゲラゲラ笑うからたまらないぜ」

「………」

「兄貴も毎日のように手を出してきた。ひどいときには、わざと蜂の巣があるところに俺を連れていって、放りだしたぐらいで。でかい蜂の群れに追いかけまわされて、あのときは本当に死ぬかと思ったぜ」

腕の骨が折れて、十日も熱を出したこともあった、と磯松は語った。

「だから、早々に村を出たよ。九歳のときだ。罠を仕掛けて、家族を半殺しにしてやった。血だらけで泣き叫んでいて、気持ちよかったぜ」

「そのあとはわかるよ。どこぞの悪党に拾われて、悪事のかぎりを尽くしてきたんだろう。顔にそう書いてあるよ」

磯松には、覆《おお》い隠すことのできない暗さがあった。善意を裏切り、人を哀しませてきた人間は、どうしても心の奥底がねじれる。凝りかたまった闇は、容易にごまかしきれるものではなく、日々の振る舞いにかならず現れる。

下から見あげるときの悪意のこもった目の輝きが、彼の人生を象徴していた。

「人も刺した。それこそ、ひとりやふたりじゃないぜ」

「わかっているよ。手慣れていたからね。それで、いまはなにを」

「賭場の目付役《めつけやく》だ。万蔵の親分に世話になっている」

「ああ、妙源寺の裏手の……そういえば、武家相手にいろいろとやっていたね」

「おまえ、いったい何者なんだ。なぜ、そんなことを知っている」

「ふん。私のことを知らないなんて、本所じゃもぐりだね。和田新九郎と言えば、遊び人として名前が通っているんだけどね」

「聞いたことがある。たしか、入江町にある女郎屋《じょろうや》の……」

「おっと。それ以上はやめておくれ」

新九郎は立てかけてあった棒を取り、先端を磯松に向けた。長さは一丈を超えており、部屋の隅からでも磯松の顔に届く。

「口にされると、いろいろと面倒なんでね」

磯松は口を動かしたが、結局はなにも言わずにうなだれた。それでも反撃の機会を狙っていることは、震える手から見てとれる。粘っこい目線は、新九郎の首から離れておらず、執着を感じさせた。

「いつ姐さんのことを知った」

「十日前だ。噂で聞いて、確かめにいったら、三味線を持って歩いていた。立派な着物を着て、しっかり化粧もして。大店の女房かと思ったぐらいだ」

磯松の声が歪む。暗い情念が、魂の奥底からあふれてくる。

「歩いていたら、あちこちから声をかけられていたよ。今度はうちで頼むとか。そのたびに笑って答えていた。よくも、あんな顔ができたものだ。俺も悪党だが、あいつも悪党じゃないか。俺を捨てておいて」

「だから、刺してやろうと……いい覚悟だ」

新九郎は酒をすすった。

「ふむ、今日は伊丹の男山か。あいかわらず、いい酒を入れるな」

「止めたって無駄だぜ。俺は、絶対、あいつを殺してやる」

磯松は凄んだ。情念の強さを感じたが、だからこそ新九郎は小さく笑ってしまった。

「ああ、いいよ。好きにおしよ」

「なんだと」

「今日、止めたのは理由《わけ》が知りたかったからだよ。それがはっきりしたから、あとはどうでもいい。おまえさんがやりたいようにやればいい」

「……本気で言っているのか」

「当然。人が本気になったら止まらないし、止められない。逆に言えば、途中で投げだしてしまうくらいじゃ、本気じゃないってことだよ。おまえさんは、どうなんだい」

新九郎が棒を突きつけると、磯松は毒づいた。

「もちろん、やるさ。逃がしゃしねえよ」

「しっかりやりな。ただ、あの姐さんを始末すると、大変なことになるから気をつけるんだね」

「町方なんぞ怖くねえよ」

「あんな馬鹿どものことじゃないよ」

新九郎は笑った。

「あの姐さんは、借金を抱えている。相当な額のね。貸し手は、本所の女郎屋や博打打ちのまとめ役がほとんど。姐さんを信じているから貸してるんだ。それを始末してみな。生きているのを後悔するような目に遭わされるよ」

裏社会の結びつきは強い。磯松が手をくだせば、またたく間に居場所をつかまれ、強面《こわもて》の渡世人に引っぱられていくだろう。

金を返すまで働かされるか、生きたまま鮫の餌になるのか……。それは顔役の機嫌次第だ。

磯松が黙りこんだのは、彼が裏社会の人間であり、そのあたりの機微がよくわかっているからだろう。

「どうしてもやるって言うなら、声をかけてくれよ。こっちの貸し金を取り戻しておかねばならないんでね。じゃあ……」

「おい、どこへ行く」

新九郎が立ちあがったので、磯松が凄んだ。

「辛気《しんき》くさい顔を見ていても、気が萎える。口直しに呑んでくる。おまえさんには、そこの酒をやるよ」

磯松が徳利に目をやったところで、新九郎は言葉を続けた。

「ああ、そうだ。行くところがないのなら、しばらくこの店にいろ。ときどき顔を見せるから、おまえさんの覚悟が決まったら知らせてくれ。いいね」

そう告げると、背を向けて座敷を出た。

面倒くさいが、やるべきことは、やっておかねばならない。

三

「それで、戻ってきたのかい。まったく用がないと顔を出さないんだから」

女は煙管《キセル》で長火鉢を叩いた。小気味好い音が響いて、灰が落ちる。

その仕草に途方もない色気を感じるのは、長年、彼女が女の世界に生きてきたからだ。長火鉢の前に座っているだけなのに、ほんのわずかな身体のしなりで、男の目を惹きつけてしまう。

紅梅の紋様が、女の彩りをさらに引き立てる。

「部屋はあるんだから、こっちで暮らしなよ。あたしが助かるから」

「お断りだよ。入江町は人が多くてね。いろいろ声をかけられて、大変だ。私がこっちにいたら、一日中、酒ばかり飲んでなにもしないよ」

新九郎が手を振ると、ちよは笑った。

「それでいて、人を動かして、しっかり自分のやりたいようにやっていくんだから、質が悪い。まったく、どうして、こんな口達者に育ったんだか」

「私は単なる道楽者だよ」

「やっぱり血かね。偉い人から受け継いだものは、伊達ではないってか」

名前をちよというその女は、本所入江町に店をかまえる女郎屋の女主人で、五人の女と七人の下女、三人の下男を抱えて、店を切りまわしている。

規模が小さいのは、隅々まで目が届くように気を使っているからだ。隙を見せて、女を他の店に奪われては困る。

ちよの店は、器量よしがそろっていることで知られており、他の岡場所はもちろん、吉原からも引き抜きの声がかかる。

女は、色男と甘い言葉に弱いというのがちよの持論であり、些細な変化も見逃さないようにするため、驚くほど気を配っていた。やり手の店主だ。

「知らないよ。そんなもの」

新九郎は応じる。つい声が尖ってしまったのは、出生にまつわる話が出たからだった。

母親がどういう人物だったのかは、わからない。遊女であったとも言うし、芸者であったとも言われる。知っている者はほとんど物故してしまい、数少ない本所の古老《ころう》から、美人で目を惹く娘だったと聞かされただけだ。

その母親に手をつけて、新九郎を産ませたのが、時の将軍徳川家斉だというのだから畏れ入る。

ふたりが会ったのは、家斉がお忍びで上野の桜を見にきたときらしく、たまたま新九郎の母を見かけて呼びつけたようだ。

身分も定かでない女を相手にする家斉も家斉であるが、それを受け入れてしまう家臣もどうかしている。女好きであることを理解していたというよりは、呆れて文句を言う気にもなれなかったということだろう。

肌をあわせたのはその一度だけだったが、それで新九郎ができた。

母親は早々に新九郎を捨てて、江戸から消えた。

預けられたのは深川の置屋で、九歳になるまで、そこの老婆に育てられた。その後、ちよの一家に引き取られたのであるが、そのときに、老婆から証しの品物とともに、将軍家斉の息子であることが告げられた。

新九郎は懐から、小刀を取りだした。

名は流星剣。名匠の逸品で、刃の輝きはじつに美しい。

漆塗りの鞘には、金箔で三匹の猿が描かれている。いわゆる三猿で、口を押さえた一匹が、ひときわ大きい。それは、口先だけが達者な自分に対する皮肉のように思えて、新九郎は見るたびに気分が滅入ってくる。

この小刀が将軍の子であるという証しで、柄には三つ葉葵の紋と家斉の名が小さく記してあった。正直、将軍としては迂闊だとも思うが、ここまでやらないと、あとあとなにかと面倒になるのだろう。

「これは、私か」

流星剣は、天降石を使って鍛造されたと言う。空から降ってきた石は異物であり、本来、この世界にあってはならないものだ。

新九郎は将軍の息子であり、本来ならば江戸の町で暮らすなどはありえないことだ。それがごく普通の町民のように交じりあって、日々を過ごしている。

町の異物が、空からの異物によって造られた刀を持つとは……皮肉が効きすぎている。

それにしても、ちよはよく引き取る気になったものだと、新九郎は思う。将軍の子であることが露見すれば、面倒になるとわかっているだろうに。

彼を利用して、お上を脅すつもりなのかとも思ったが、単に肝っ玉が太くて、おもしろがっているだけなのかもしれない。

「おまえがどうでもよくても、使えるならなんでも使うさ。その口車は、本物だからね」

「適当を言っているだけだよ。あてにはしないでくれ」

「お断りだ。せいぜい役に立ってもらうさ」

ちよは、新九郎を見て笑った。

「まあ、その前に、みやびのことは、なんとかしないとね。殺されるのは寝覚めが悪い」

「長い付き合いだものね」

「男を取りあったこともあったが、いまとなっちゃいい思い出さ」

ちよとみやびが、幼馴染みであることは知っていた。いまでも一緒に酒を呑む。あんな酒癖の悪い奴はいない、と言いながらも、ちよは誘われれば、上物の着物を着て出かけていった。

ふたりの仲が深いことを知っていたから、新九郎は、普段は離れている実家を訪れて、ちよと話をする機会を持った。

「子どもの話は聞いたことがあるかい」

「ない。気配すらなかった。ただ、あいつは何回か、本所から姿を消したことがあって、その最初が十五、六のときだった。当時は、蛭《ひる》のような母親から逃げたと思っていたんだけど、違ったのかもしれないね」

「蛭だって。母親がかい」

「そうさ。ひどかった。さんざんまとわりついて、金をせびっていた。あの子がそこそこの男といい関係になっても、金がなければ別れさせ、金持ちのどうしようもない爺を引っぱってきてあてがわせた。どれだけ、あいつが母親で苦労したか」

「いまはどうしている」

「死んだよ。十五年ぐらい前にね」

「母親か。私は顔を知らないから、わからないことだらけだね」

「なにを言っているんだい。ここに立派な母親がいるだろうが。この恩知らず」

湯飲みが飛んできたので、あわてて新九郎は避けた。

「ひねた子どもを拾って、まともに育ててやったんだ。少しは感謝しな」

「もっと歪んだような気がするけれどね。おかげで、いまは立派な遊び人だ」

「それは旦那のせいだね。まったく……女遊びなんぞ教えてさ」

ちよの亭主は五郎太《ごろうた》といい、普段は家に寄りつかず、本所の町をぶらぶらしている。恰幅がよく、遠くから見ているだけでもわかる。

普段はおとなしいが、怒らせると手がつけられず、先だっても長崎町で暴れた深川の渡世人を半殺しにした。

入江町の顔役も務めており、お上との付き合いもある。

笑う姿には愛嬌があり、本所の生まれということもあって人望は厚い。

「今頃、どこかの女のところに転がりこんでいたりして」

「そんなことしたら、二度と女を抱けないように、下を切り飛ばしてやる」

「おお、怖い。さすがは、ちよさん」

新九郎が立ちあがると、ちよは顔を見あげてきた。

「どこへ行くんだい」

「みやびさんに話を聞いてくる。こういうことは、やっぱり本人に確かめないとね」

「男のほうは、どうするんだい」

「馴染みの店に頼んでおいた。居場所はわかっているから大丈夫」

「ふん、本当にあんたは、人を動かすのがうまいよ。口が立つ」

「腕っ節が強いほうがいいんだけどね」

「冗談は抜きにして、そろそろ、ここに戻ってきなよ」

ちよは長火鉢に臂《ひじ》をついて、新九郎を見あげた。

「旦那が跡を継がせたがっている」

「…………」

「あの人が入江町の顔役を務めているのは知っているだろう。それをあんたにまかせて、入江町だけでなく、本所をまとめる大御所にしたいみたいだよ。支度も調えているみたいだから、あたしも手を貸すつもりさ」

「冗談だろう。こんなもらいっ子を」

「できる奴ならいいのさ」

そこで、ちよは表情をあらためた。冷たさを感じさせる瞳で新九郎を射る。

「本所も大きく動いているからね。これまでと同じやりかたじゃ駄目なのさ」

「…………」

「この間も、古着屋が町娘を思いきり飾り立てて、店の売上を伸ばした。仕掛けたのは女手代だっていうから驚いたよ。時代は動いている。これまでと同じじゃいられない。新しい世を切り開いていくには、若い奴が入り用なのさ。それには、あんたがいちばん適してると思っている」

「買いかぶりだよ。私に、そんな力はない」

「まわりが認めれば、それでいいのさ。いいじゃないか。将軍の息子が、本所の裏社会を束ねる。ある意味、痛快だね」

露見したときのことを考えると、空恐ろしいが、ちよはそのあたりも踏まえて楽しんでいるのだろう。

新九郎は巻きこまれる自分の姿を思い浮かべて、うんざりした。やはり、自由でありたい。

新九郎は手を振ると、座敷を出た。早く戻っておいでよ、というちよの声がしたが、それにはあえて答えなかった。

四

新九郎は店を出ると、横川に沿って法恩寺町《ほうおんじちょう》まであがり、そこで左に曲がった。吉田町《よしだちょう》に安くてうまい飯屋があり、実家まで戻ったときには、かならず立ち寄っていた。

無口な亭主と同じぐらい無愛想な女房で店をまわしていて、これで大丈夫なのかとも思うが、荒っぽい人夫や目つきの悪い行商人で、いつも混んでいた。

今日も新九郎が店に入ると、空いているのは小上がりの片隅だけだった。

店は体格のよい男ばかりで、殺伐とした空気でむせかえりそうである。

名物の大根葉飯を頼むと、新九郎は息をつく。

その直後、男の子が小さな女の子の手を引いて、店に入ってきた。左右を見まわし、小上がりにあがって、新九郎の前に座ると、いなり寿司を頼んだ。

ふたりとも、汚い格好をしていた。髪はぼさぼさで、顔には汚れも目立つ。着物には泥がこびりついていて、袖も裾も大きくほつれていた。

身体がひどく痩せていたので、目玉が大きく見えた。女の子の腕は、盆栽の枝を思わせる細さだ。

「おまえたち、どこの子だ。親はどうした」

新九郎が声をかけても、ふたりは答えない。女の子はうつむき、男の子は睨みつけてきた。

すぐに女房がいなり寿司を持ってきた。ふたつでひとつの皿にまとめて乗っている。

男の子は、それを女の子に押しつけた。

「ほら、食えよ」

女の子はしばらく皿を見ていたが、やがて首を振った。

「いらない」

「なんでだよ。お腹空いてるって言っただろ。食えよ」

「お兄ちゃんが食べないなら、あたしも食べない。ひとりだけなんて嫌」

女の子の拒絶に、男の子は動揺したが、それでも無理に皿を押しつけた。

「いいから食えよ」

「いや。いや」

女の子は拒み、押し問答となる。

見かねて、新九郎が割って入った。

「やめないか。ふたりで仲良く食べればよかろう。まったく、親はどこへ行ったんだ」

「いないよ、そんな奴ら」

ぼそりと男の子がつぶやいた。その顔は下を向いていた。

「ひと月も前に、俺たちを捨てて、どこかへ行ってしまった。それから、ずっと俺たちは川原で暮らしていた」

「なんだと」

「いままで、残り物を拾って生きてきた。でも、もう無理。俺たちはすぐに死ぬ。なら、その前に、こいつをせめてお腹いっぱいに食べさせてやりたかった。親がいたときから、こいつはいつもお腹を空かせていて、おいしいご飯が食べたいと言っていた。だから、せめて……」

男の子はうなだれた。

話の内容から見て、男の子は兄で、親に捨てられた妹と外で暮らしていたのだろう。先々を儚んで、せめて妹の思いを叶えてあげたいと思って店に入ってきた。

「おまえら、金はあるのか」

男の子は、銅銭を三枚、小上がりに並べた。

足りない。これでは、いなり寿司ひとつの分にもならない。

男の子が口を開こうとしたそのとき、近くの大男が立ちあがった。

ふたりに歩み寄ると、髭だらけのいかつい顔で見おろす。

男の子が怯えて身体を引くと、男は小上がりを叩いた。

手が離れると、そこには銭が置いてあった。男は無言で立ち去る。

ついで、入れ墨の男が近づいてきて、同じように銭を置いた。続いて人夫、さらには棒手振とおぼしき男が金を置いて、次々と立ち去った。

新九郎がうなずくと、無愛想な女房は奥に入り、茶碗に一杯になった白飯と味噌汁、焼き魚を持ってきた。ふたり分で、それを静かに男の子たちの前に置く。

「食え」

「えっ」

「おまえたちのだ。好きなだけ食え」

「でも、俺たち、お金が」

「大丈夫だ。いま出ていった連中が、払ってくれた。俺も出す」

新九郎は銭を置いた。

「おまえが遠慮していると、妹が食べない。だからふたり分だ。好きに食え」

「い、いいの」

「かまわん。金は払った」

ふたりは顔を見あわせると、茶碗を取って、すさまじい勢いで食べはじめた。

脇目も振らず、飯を掻きこむと、焼き魚に手を伸ばし、味噌汁をすする。しゃぶりつくという言いまわしが、ぴったりだった。

「おいしいね。にいちゃん」

「うん。うまい。うまいよ。俺、このまま死んでもいい」

新九郎は女房に合図すると、店を出た。おかわりを求める子どもたちの声に微笑みつつ、松坂町の裏長屋に向かう。

長屋に着くと、新九郎はすぐに声をかけた。

「みやびさん、いるかい」

「あら、新さん、どうしたね」

「ああ、ちょっと話したいことがあってね」

「じゃあ、入りな」

みやびは新九郎を部屋に入れると、慣れた手つきで茶を入れてくれた。たいしてうまくはないけれど、と言ったが、思いのほか甘く、香りも抜群だった。

しばし雑談をしてから、みやびはあらためて新九郎を見た。

「で、なんだい用件は。わざわざ、あんたほどの男が来るんだから。それなりに理由《わけ》があるんだろう」

「ああ。もちろん」

新九郎は、思いきって踏みこんだ。

「姐さん、子どもはいるかね」

「え。いないよ。おまえさんも知っているだろう」

「本当にそうかい。いままで、一度もいなかったのかい」

みやびは答えるまでに、わずかに時を要した。

「そういう言いまわしをするっていうことは、心あたりがあるってことだね」

「ああ、最近、会ったよ。みやびさんの子どもにね。この江戸で」

「えっ」

「みやびさんを殺すつもりだったたって言っていた。ひどく恨んでいたようだよ」

新九郎は、すべてを包み隠さずに語った。中途半端に隠すと、疑われる。ならば、衝撃を与えて本音を引きだす。

これは、話をうまく運ぶ際の鉄則だった。

みやびは、うつむいたまま口をきかなかった。

「元気でしたか」

「まあね。あちこちに刀傷はあったが」

「堅気な仕事ではないと」

「いつ命を落としても不思議ではないね、あれは」

みやびは大きく息を吐いた。その目線は天井に向いている。

「恨まれてもしかたないとは思っていますよ。あたしは、あの子を捨てましたからね」

「磯松もそう言っていたよ。俺は捨てられたと」

「磯松……名前は変えていなかったんですね」

「あの子を産んだのはいつだい」

「十五のときです。あのころ、私は芸者になったばかりで、お客さまに呼ばれて、本所を駆けまわっていてね。今日は入江町で、次の日は両国って感じでした。津軽さまの屋敷に呼ばれたこともございましたよ。賑やかしのひとりでしたがね。それでも手応えは感じていて、これならばいけると思っていました。だから、つまらない男に引っかかってしまったんですね」

「相手は」

「材木問屋の跡取りですよ。いや、いまは旦那ですか。言い寄られて、いい気になっちまって。気づいたら子どもができていましたよ。駄目ですね、男っていうのは。自分に子どもを作る力があると思っていないんですから。できたって言ったら、目を丸くして、すっ飛んで逃げましたよ。ほんの少しだけ金を渡してきて、あとはなしの礫《つぶて》。たいしたものですよ」

「耳が痛い話だ」

自分もまた、そんな無責任から生まれた子どもだ。身分が高くても低くても、望まない子ができたら、さっさと逃げだすのは変わらない。

「啖呵《たんか》を切って育てるとは言ったものの、子どもを抱いて芸者を続けるなんてできっこありませんからね。たちまち立ち行かなくなって、人手を通じて、あの子を渡してしまいました。幸せにやっていると思ったんですが、駄目だったようで。情けないったら、ありゃあしませんね」

みやびはため息をついた。その深さが人生の重さを感じさせた。

磯松の言うとおり、みやびは彼を捨てて、その後を顧みることはなかった。生活が落ち着いてからも、消息を尋ねることなく、放置していた。

「なぜ、探さなかった」

「手放すときに、忘れるって約束でしたからね」

「忘れることはできたのか」

みやびは答えなかった。新九郎は先を続けた。

「この先、どうするつもりだ」

「どうするもなにも、放っておきますよ。こっちは向こうの顔も知らないんですから。なにもできやしませんよ」

みやびは、新九郎と視線を合わせようとしなかった。ただ、うつむいているだけだ。

「恨んでいるというなら、それでかまいません。もっとも、殺されるのは嫌ですからね、しばらく箱根にでも行きましょうか。ゆっくり温泉に入るのも悪くないですね」

「こだわりはないと」

「もちろんですよ。あたしに、子どもはいない。それだけです」

みやびは立ちあがり、新九郎に背を向けた。わずかに丸くなった背中から、その本音を読み取ることは難しかった。

五

新九郎は、みやびと話をしてから五日後、三笠町の茶屋に赴いた。

みやびの振る舞いを見て、放っておくのはうまくないと思ったからだ。

できるだけのことはしてやりたいが、その前に確かめねばならないことがある。

そのために、彼は人と会うことにした。迂遠《うえん》だが、やむをえない。

茶屋に赴く前、新九郎は吉田町の飯屋を訪れ、例の子どもたちの消息を訊ねた。

あのあと、ふたりは近所の番屋に連れていかれたらしい。

親がいないのは本当のようで、引き取り先をどうするかで議論がされたようだ。

父親の田舎が上州高崎《じょうしゅうたかさき》であり、そちらに預けるという話も出たが、関係は疎遠であり、無理に押しつけても悪い結果になることは目に見えていた。

考えあぐねていたところ、例の古着合戦で名をあげた上尾屋が、ふたりを引き取ってもよいと申し出てきた。

ちょうど商いが大きくなって、人手が必要になっていたところで、奥向きの用事ができる子どもを求めていた。

すぐに話しあいがもたれて、近日中に上尾屋で暮らすことが決まった。

その間、面倒を見ていたのが、あの無愛想な女房であったというから驚きである。ふたりの身体を拭き、食べ物を食べさせ、着物も古着だが、新しいものを用意してやった。子どもには櫛も買ってやり、一緒に散歩までしたので、近所の者が仰天していたという。

安心した新九郎が茶屋を訪ねると、すでに待ち人は来ていた。

縁台に座って、腹の大きくなった娘と談笑している。

かたわらには亭主もおり、なごやかな空気が漂う。

「すみませんね、遅れてしまって」

新九郎が声をかけると、男は顔を向けた。それにあわせて、夫婦は一礼して立ち去る。それを狙って、新九郎は茶を頼んだ。

「いいのさ。ちょっと早く来た。店の様子を見たかったからな」

「旦那の知り合いで」

「そんなところだ。ここの親父とちょっとな」

「ああ、もしかして、あの親父が女遊びをやめたのは、旦那のおかげですか」

新九郎は男の隣りに座った。

「よかったですよ。あの女、亀戸じゃ札付きの悪で、あのあたりを仕切っているやくざの囲い者だったんですよ。本所への足がかりを探していて、それがここの親父でした。取り囲まれていたら、面倒になっていましたぜ」

「どうするつもりだった。親父を締めあげたか」

「そんなことはしませんよ。矢野の旦那」

新九郎の言葉に、矢野剣次郎は小さく笑った。

手元の団子を立て続けに口に放りこむところから見て、甘い物が好きなのは変わりがないようだ。

矢野剣次郎は本所廻りの同心であり、入江町の顔役とは当然のことながら付き合いがある。ちよや五郎太とも顔見知りで、裏社会の動静を話す代わりに、岡場所の締めあげを甘くしてもらっている。

ちよは、前の同心よりも付け届けは少なくて済むが、切れ者なのでやりにくいと語っていた。

かくいう新九郎も、付き合いにくさを感じていた。

それは、剣次郎の能力というよりは、雰囲気や気配といった、どこかとらえどころのない要素によるところが大きかった。

話をしていても、どうにもやりにくい。近くにいるだけで、普段は隠している自分があらわになりそうで、親しくする気にはなれなかった。

「なんの用だ。呼びだすなんて珍しいじゃねえか」

「やってほしいことがあるんですよ。駄賃ははずみます」

「なんだ」

「知り合いが、なにを考えているのか見抜いてほしいんですよ。旦那ならできるでしょう」

剣次郎は、表情や仕草の変化から、相手の本音を見抜く。前に強請りの悪党を彼が捕らえたとき、短い時間で犯行の詳細を引きだしていた。

嘘が通用せず、悪党の顔が青くなっていく様を、新九郎は驚嘆しながら見ていたものだ。

「相手は誰だ。おまえの女か」

「まあ、そんなところですよ。わけありでしてね」

「浮気でもされたか」

「まさか。浮気はしても、させるものじゃありませんよ」

「違いない」

「正直、放っておくと、お上の御用が増えるように思えるんでね。早めに手を打っておきたいんですよ」

新九郎は縁台に、二朱金を置いた。剣次郎は一瞥すると、さりげなく手に取り、袖に隠した。

「どこだ」

「松坂町です」

新九郎はすっと立ちあがり、裏長屋まで案内した。

「私が話をしますから、表情を見てください。合図をしたところは、念入りに」

答えはなかったが、剣次郎はうまくこなしてくれると確信していた。妙な安心感がある。

新九郎は近所の子どもを使って、みやびを呼びだした。

ふたりは長屋の路地から出たところで、話をする。内容は、三日前とほぼ同じだった。

みやびの反応は、前より鈍かった。わざと厳しい言葉を選んで刺激しても、表情はほとんど変化せず、淡々と返事するだけだった。磯松に対する反応も鈍く、まるで関心がないように思えた。

みやびが長屋に戻ったところで、剣次郎が歩み寄ってきた。ふたりは連れだって町屋から離れ、武家屋敷を御《お》米蔵《こめぐら》の方角へと向かう。

「どうでした」

「嘘ばかりだな。あの女、ほとんど本音を言っちゃいねえ」

「やはり」

「おまえが二度目に合図したところでは、とくにひどかった。嘘をつくとき、人の動きはぴたっと止まるんだが、それが際立っていた」

今後について訊ねたときだ。どうなろうと知ったことではない、と語っていたが、本音ではなかったわけだ。

「あと、一度目もな。おまえから逃げようとして少しさがったが、気づいて前に出た。あれは、嘘がばれると思って、気取らせまいとして無理をしたんだよ。少しだけ瞼がさがって、眉毛もあがった。悲しみを隠そうとしていたな」

一瞬でそこまでを見切ることができるのか。

途方もない才だ。

一度目の合図は、磯松を手放す話をしたときだ。以前の話では、本音がどこにあるのかつかみにくかったが、これでわかった。

「いったい、なんの話をしていた」

「いや、男に捨てられそうだっていうんで、どうするか話していたんですよ」

「嘘をつけ」

剣次郎は笑った。

「いま目線が固まった。ごまかそうとして頭をまわすから、そうなる。だいいち、みやびは、本所でも売れっ子の芸者だろう。その気になったら、男が手放すものかよ」

「痴情のもつれってやつですよ。まあ、面倒はなんとか避けないとね」

剣次郎は新九郎を見たが、これ以上、つついてもしかたないと思ったのか、軽く腕を叩いて、どこかやわらかい声で言った。

「よけいな手間は増やすなよ。あと、俺をこき使うな」

離れていく剣次郎を見て、新九郎は妙に温かい気持ちになった。

なぜ、ここまであの妙な同心を信頼する気になるのか、彼にはよくわからなかった。

六

翌日から新九郎は、みやびの身辺を調べてまわった。磯松への関心があるなら、それをうまく引きだして、彼女自身にぶつけてみたかった。根っ子を直さなければ、気持ちのもつれを解きほどくことはできまい。

調べてみて気づいたのは、みやびの稼ぎが相当に大きいことだった。

彼女は年中、座敷に呼ばれていたし、大店の娘を相手に、三味線の師範も務めている。手習いで津軽家の屋敷に赴くこともあり、長屋から出ない日は、十日に一度だ。

十分に金はあるはずなのに、なぜ、借金を重ねているのかわからない。いまのところ、金貸しから五十両、さらに知り合いから五十両を借りており、他の知り合いにも声をかけていた。

手にした金をどう使っているのか、新九郎には見えてこなかった。

みやびの生活は慎ましく、外で派手に遊ぶことはなかった。芸者同士の付き合いに参加することはあっても、早々に帰ってしまい、近所の飲み屋で口直しする程度だった。そもそも、家が裏長屋なのも、無駄をおさえようという意志が見てとれる。

男がいる気配もなかったし、役者に貢いでいる様子もない。

今日もわざわざ亀戸まで赴いて、みやびの知り合いに話を聞いてきたが、手がかりはなかった。

相手は隠居した材木問屋の主で、たまにみやびを呼んで宴を開いていたが、別段、変わったところはなく、主との関係もいかがわしいものではなかった。

その主は昔からみやびを知っており、その縁で三味線の会に参加してもらっているだけだった。

「まいったね、これは」

長崎橋を渡ったところで、新九郎は頭を掻いた。ここまで見込みが外れると、なにも言えない。いったい、なにが間違っているのか見当もつかなかった。

みやびの周囲がきれいであることはわかっていたが、ここまでなにもないとは思わなかった。付き合いがあるのは、昔からの馴染みで、しかも遊び慣れた粋人《すいじん》ばかりだった。金に困っている者はひとりとしておらず、みやびが貢ぐ必要はどこにもなかった。

なんのために、借金までして金を集めているのか。

新九郎は、その理由を見出すことができなかった。

「落ちぶれたものだな、私も」

さんざん女で遊んできて、その心を巧みに操ってきたのに、今回はそこに達することすらできない。これで、いっぱしの遊び人を気取っていたのだから、恐れ入る。

新九郎は小さく息をついて、横川を見つめる。

時刻はまもなく正午で、強い夏の日射しに照らされて、水面は美しく輝く。風が吹くたびに、波で光が揺れて、それがどこかこの世ならざる雰囲気を作りだす。米俵を運ぶ船も、どこか優雅に見える。

もっとも暑い季節を迎えて、どこか空気はゆるんでいたが、新九郎はそうした情景が嫌いではなかった。これもまた本所という町だ。

「さて、どうしたものかね」

みやびの件は行き詰まっており、どこから手をつけていいのかわからない。放っておけば、最悪の事態になるかもしれない。

だが、磯松を止めるのも気が進まなかった。あのとき言ったように、本気でやりたいのであればやればいい、と思っていた。

人を殺すことで無念の思いが晴れるのならば、たとえ罪に問われても、宿願《しゅくがん》を達成するべきだった。みやびが相手でなければ、むしろ、新九郎が手を貸していたかもしれない。

「端から見直すしかないかね」

金の流れを追いかけていけば、なにかはっきりするかもしれない。

小さく息をついた新九郎は、川岸を離れた。それを待っていたかのように、やわらかい声が響いてきた。

「ちょっと、そこのお兄さん。話があるんだけど」

聞き覚えのある声だ。というか、新九郎は、女の声は一度、聞いたら忘れない。

「なんだい、川崎屋の女手代さん」

「やめな。その呼び方」

背の高い女が、新九郎を見ていた。いつも以上に目つきがきついので、異様な迫力がある。地味な小袖も、威圧感を増す効果を発していた。

「それは悪かったね、かすみさん。上尾屋の件を聞いていたんでね。つい、出てしまったんだよ。目立つからね、あんた」

「なりたくてなったわけじゃないよ。本当に、あんたは嫌な奴だ」

川崎屋のかすみは、顔を歪めた。あいかわらず視線はきつい。

新九郎が彼女を知ったのは三年前で、いけ好かない大店の若旦那が通りすがりの若い娘を口説いているときだった。娘は嫌がっているのに、若旦那とその取り巻きはやたらとつきまとって、近くの店に引っ張りこもうとしていた。

新九郎が助けようとしたその瞬間、かすみが出てきて、若旦那の横っ面をはたいた。

嫌がる女を大の男が囲んでどうするのさ、みっともないねえ、と啖呵を切るや、さっさと娘を引っ張って町駕籠に乗せてしまった。

我に返った男たちが前に出てくると、かすみは小刀を懐から取りだして対峙した。

そこで新九郎が助け船を出し、男たちを引かせた。他人の見ている前で、女をいじめてもいいことはないよ、という言葉は効果的だった。

せっかく助けたのに、かすみはきつい目で新九郎を見て、そのまま立ち去ってしまった。無礼な振る舞いではあったが、その後ろ姿にはなんとも言えない清々《すがすが》しさがあった。

それからも、何度か顔を合わせることはあったが、話しかけるのはいつも新九郎で、かすみはことさらに無視していた。嚙みあわせが悪いというのは本人の弁だったが、それが本音かどうかはよくわからなかった。

「それで、そのかすみさんが、なんの用なのさ」

「あいかわらず、嫌な言いまわし。腹が立つ」

かすみの口調はきつい。

じつのところ、彼女のような目力の強い娘は新九郎の大好物で、いつもなら敵意を向けられたところで、火がついて口説くところだ。

強気な女が崩れて牝になるところがおもしろくて、さんざんに遊ぶのであるが、今回はなぜかその気になれず、新九郎自身も不思議に思っていた。

「からかっているように聞こえたら、申しわけないね。ただ、そっちから声をかけてくるのは珍しいからね。気にはなった」

「あたしだって嫌だよ。だけど、みやびさんが絡んでいるとなれば、そうはいかないからね」

思わぬ発言に、今度は新九郎が目を細めた。

「なにか知っているのか」

「あんたが、みやびさんのことを嗅ぎまわっているのは知っている。変な男がうろついていたからね。それとかかわりがあるんじゃないかと思って、聞いてまわった」

かすみは新九郎に近づくと、紙片を差しだした。

「ここへ行って。たぶん、事の次第がわかるはず」

「どこだ」

「霊光寺《れいこうじ》の裏手。そこに人がいる」

「誰だ」

「よくわからない。ただ、みやびさんにかかわりのある人らしい。足繁く通っているのを見たって人がいる。あたしが直に聞いた話だ。間違いないよ」

かすみの表情は真剣で、嘘を言っている気配はない。だが、なおも新九郎は気になった。

「なぜ、助けてくれる？　お、もしかして、私に惚れたか」

「馬鹿を言わないで。今回、手を貸したのは、相手がみやびさんだからだよ。あの人には世話になっている」

川崎屋に来たばかりのころ、みやびが本所のしきたりを教えてくれた、とかすみは語った。

「町の細々とした特徴からはじまって、近づいていい場所、そうではないところ、おもしろい人が集まっている地域に、物騒な男たちが暮らしている場所……本当に細かく教えてくれた。右も左もわからないころだったから、助かったよ」

「そうか」

「店で働くようになったら、あたしを指名して着物を買ってくれたこともあった。

世話になったから、あの人になにかあったら、助けようと思ってね」

みやびは面倒見がよく、男女を問わず、多くの者が恩義を感じていた。

今回も、新九郎がみやびの身辺を探っていると、やたらと声をかけられた。上尾屋の主人なども、なにか手を貸しますと言ったほどで、本所の町で慕われていることを痛感した。

かすみもまた、そのひとりということなのであろう。

「さすがは本所の地獄耳。こういうときには、ありがたいね」

「あんたに頼むのは癪《しゃく》だが、ほかに人がいない。よろしくね」

「そう言うなら、あんたが自分でやったらどうだい」

新九郎が茶化すと、かすみは鼻を鳴らした。

「断るよ。ここのところ目立っていて嫌なんだ。これ以上は勘弁してほしい」

「相変わらずの引っこみ思案か。いい女なのに、もったいないねえ」

かすみは答えず、思いきり舌を出して、強い嫌悪の情を示すと、新九郎から離れていった。背筋を伸ばして歩く姿に、男たちの目が惹きつけられていく。

なにが目立たないだ……あれほどの女なら、自然と注目を浴びる。

背の高さ云々ではなく、覇気《はき》が人の心を動かすのである。

「親の顔が見たいねえ。いったい、どんな奴なんだか」

新九郎はかすみに背を向けて、横川に沿って北へ向かう。

霊光寺は遠い。少し急がねばなるまい。

七

霊光寺は増上寺《ぞうじょうじ》の末寺《まつじ》であり、寛永年間の創設と言われる。場所は竹町之渡《たけちょうのわたし》からほど近い寺町の一角で、近くには最勝寺や妙源寺といった名刹《めいさつ》が並ぶ。付近に町屋は多いが、人は少なく、昼間でもどこか寂しい空気が漂う。

新九郎が着いたときには日が傾いており、彼方から狐の鳴き声が響いていた。

霊光寺の裏手にまわると、草むらが広がっており、その片隅に三軒の家が固まっていた。ひどく痛んでいて、手前の家は遠くから見ても傾いているのがわかった。屋根の一部が吹き飛んでいるのも見てとれる。

ひとけは乏しいが、ここが目的地だった。

新九郎は真ん中の家に歩み寄ると、腐った水の匂いに耐えながら声をかけた。

「おい、いるんだろう。開けてくれ」

反応はなかった。異様なまでの静寂に包まれている。常に人いきれを感じる本所から来た者にとって、これはつらい。

「私は、和田新九郎と言う。話がしたい」

答えはなかった。かまわず、新九郎が戸に手をかけると、簡単に開いた。

先刻とは異なる異臭が、鼻を突く。魚の腐臭に似ている。

土間には、釜や茶瓶に混じって、板きれや汚れた着物が転がっていて、その上にはうっすらと埃がかかっていた。

板間に視線を移すと、汚れた布団と、これまたひどく汚ない鏡台が見えた。

化粧の道具がまき散らかされていて、それを取りこむように紅が塗られた布が置いてある。

新九郎が歩み寄ると、板間の奥で気配がした。異様な、なにかが動きだす。

「ああ、みやびかい。遅かったじゃないか」

しわがれた声がして、老婆が現れた。

寝ていたらしく、白い髪はひどく乱れていた。皺だらけの顔は黒く、手も汚れていた。

着物は本来の桃色が見てとれないほど黒く染まっており、肩口のあたりには大きな裂け目が見てとれる。手直しした様子もあったが、もう用をなしていなかった。

老婆は土間に這いおりて、新九郎を見あげた。目玉が飛びだしていて、さながら餓鬼《がき》のようだ。

「違う。私はみやびではな……」

「酒、酒はどうしたい。この間も買ってきてくれなかったじゃないか」

老婆は唾を飛ばしながら話をする。新九郎を見ているようで、その視線は、はるか先に向けられている。

「育ててやった恩も忘れて、いったい、なにさまのつもりだね」

そのひとことで、新九郎はすべてを察した。かすみの話と新九郎の読みは正しかった。

「おまえが芸者をやっていられるのも、あたしが面倒を見てやったからじゃないか。おまえがいなければ、あたしはもっと楽な暮らしができたのに。この疫病神が。おまえなんか、とっとと捨てちまえばよかった。くそっ。この屑女《くずおんな》が」

老婆が手を伸ばしてきたので、新九郎はその手首をつかんだ。思いきり握りしめると、悲鳴が響く。

「な、なにするんだ。離しな」

「近づいてきたのは、そっちだろう。婆さん」

新九郎は、自分の声が自然と低くなるのを感じた。魂の底から闇がこみあげてきて、身体を満たす。それが少し心地よい。

「ふん、もしやと思って来てみたが、本当にそうだったとはね。かすみちゃんの見立てはたいしたものだ。さすがは地獄耳」

「離せ、離せ」

「駄目だ。話を聞かせてもらうよ」

新九郎は顔を近づけた。すさまじい匂いだが、気にならない。

「あんた、姐さんの母親だね。たしか、すまとか言ったね。そうだろう」

女は息を呑んで顔をそむけたが、新九郎は顎をつかんで、引っ張って自分に向かせる。

「そうなんだろう」

「知らない。知らない」

「とぼけるのはやめろ。まったく本物の屑だね。あんたのおかげで、どれだけ姐さんが困ったか」

まさか、みやびの母親が生きていたとは。

驚きである。

「さて、話を聞かせてもらおうか」

ようやくすまは動きを止めて、じっと新九郎を見あげた。その目は、ひどく濁ったままだった。

八

「そうですか。母に会ったんですか。だったら、もうごまかしはききませんね」

みやびの顔色は悪かった。長屋が暗いせいもあるが、それ以上に心の闇があふれだし、それが身体を覆い尽くして、表情にも影響を与えているのだろう。

新九郎は、絶望感に食い破られる人間を数多く見てきた。平気な顔をしていても、ある日、突然、破綻して悲惨な最期を迎える。

長崎町のさる老人は、借金取りに追われても平然としていたが、ある日、どぶに半身を突っこんで死んでいた。その表情は苦悶に満ちていた。

入江町の茶屋に勤めていた娘は、いつもと同じ明るい声でさよならと言った日の夜に首をくくって自死した。さんざん男に貢ぎ、借金で身動きがとれなくなってのことだった。親の金も持ちだしていたのであるが、そのことには誰も気づいていなかった。

このままだと、みやびも同じになる。それほどまでに、母親の放つ毒は濃い。

「死んだというのは嘘です。そう言っておかないと、いろいろ大変だったので」

みやびは板間に座って、つぶやくような口調で語った。夕日がその横顔を照らす。

「母は見てのとおりの人です。人を食い物にすることをためらわない。隙を見せればしゃぶりついて、とことんまで奪う。それで、何人もの人がひどい目に遭いました。おつりをごまかした棒手振が、母にそれを見られて、さんざんに強請られ、最後は半狂乱で大川に飛びこんだこともありました。もう、それは見ていられなくて」

「それで死んだことにして、あの女を隠したわけか。よくもまあ、向こうが承知したね」

「身体の具合を悪くしていましたから。あたしから捨てられたら、終わりだと思ったんでしょうね」

「どのぐらいになる」

「十五年。長いですね」

みやびは天井を見る。その目は、はるかに遠い。

「ここのところ、また具合を悪くして、家から出ることはできないんです。あんな調子ですから、近所の人が面倒を見てくれることもなくて。たまにあたしが行って食べ物を与えて、あとは人に頼んで、とにかく入りような品だけを置いてきてもらうようにしています。贅沢に、言問団子が食べたいとか言うんですが、渡しても、その場に置いておいて腐らせてしまうんですよ。それを見て笑って。あたしは、なにも言えませんでした」

「なぜ、捨てなかった。蛆虫《うじむし》の面倒を見る義理はなかろう」

「何度も捨てようと思いました。一度は、小梅村まで連れていきました。でも駄目でした」

「…………」

「母親ですから。血のつながりは切れません」

「そうだな。そうかもしれんな。俺も同じかもしれん」

新九郎の言葉に、みやびは硬い表情を向けてきた。

「ですが、ちよは……」

「知っているだろう。ちよさんは、俺を引き取ってくれただけで、本当の親はほかにいる。どんな屑だとわかっていても、血のつながりを無視することはできない」

「親を知っているんですか」

「話に聞いただけだよ。さんざん、あちこちで女に手を出して泣かしてきたらしい。頭の中が、常に色気づいているような奴だよ」

家斉は、途方もない数の子どもを成している。新九郎も女は好きだが、付き合っているときはひとりに集中していて、ふたり、三人と手を出すことはしない。女との絡みを堪能するならば、数は少ないほうがいいと思うが、実父は、ただ犯してまわっているだけのように思える。

とうてい理解はできない。

「うちは、お金でしたね。さんざんに振りまわされましたよ」

みやびの声に、やわらかみが出た。

これまでの突き放したような口調は、わずかではあるが変わっていた。それは、新九郎の打ち明け話に共感して、心を開いたからかもしれない。

「磯松を手放したのも、あの女のせいなのか」

「そうです。あの子が生まれたとき、あたしは芸者として名が売れはじめていて、母はとことんまでしゃぶりつくすつもりでした。だから、早々に売り飛ばすつもりで、人買いと話をつけていたんです。あたしは育てるつもりだったので、しばらくは言いあいになりました。だけど、そのとき、つい、あの子の父親について言ってしまったんです。材木問屋の若旦那と聞いて、母は目を輝かせましたよ。いくらでも金を搾り取れると思ったんでしょう。それを必死で止めて、なんとか言いくるめるために、あの子のことを母にまかせたんです」

「そうしたら、堂々と売り飛ばしたと」

「その金で、母は料理茶屋で遊んできました。あのときの顔、忘れられません」

強欲が過ぎる。

この世には、信じられないほど欲と悪意にまみれた人間がいる。ひたすら自分のことしか考えない怪物は、どこにでも存在し、たちまち善人を食いつくす。

不幸なことに、みやびは母親が人外の生き物だった。男だったら切ることができても、親なら難しい。

「じゃあ、借金は親がらみか」

「はい。いろいろと迷惑をかけまして、その罪滅ぼしです。気にしないって言ってくださった方もいらっしゃったんですが、私が耐えられなくて」

「芸者で稼いだ金も、そっちか」

「たいていは。もうなにをしでかすかわからないので、見張りの人についてもらっています。そのお金もかかりますから」

みやびは大きく息をついた。肩を落とす姿は、ひどく年老いて見えた。

新九郎は、あえて慰めの言葉は封じた。どうやっても、彼女の心には届かないだろう。

「それで、この先どうする？」

「母はいまのままで。どうせ、すぐに死にます」

「姐さんはどうする。磯松はまだ狙っているよ」

「いまはどこに」

「弁天前の宮本。なだめていますが、そろそろ難しくなる」

「だったら、殺されてやってもいいですかねえ」

みやびは大きく息を吐いた。

「あの子の気が晴れるのならば。かまわないでしょう。さぞ恨んでいるでしょうから。子を捨てた母親にできるのは、これぐらいのことかもしれませんね」

みやびは箍《たが》が外れて、ひどく投げ遣りになっている。真相を語ったのが、かえって裏目に出たのかもしれない。おそらく、口にしたことは本音だろう。

ここで通り一遍の話をしても、なにも変わりはしない。

みやびは崩れていくだけだ。

かといって、放置すれば、さらに悪くなる。どちらにも行き場はない。

ふとそこで、新九郎の脳裏に、矢野剣次郎の言葉が響いた。

嘘ばかりである、と。

あの同心の表情が頭をよぎったところで、新九郎は決断をくだした。

「わかった。だったら、やりたいようにやらせてやる。私にまかせておけ」

みやびが訊ねるよりも早く、新九郎は立ちあがり、長屋を出た。その背中を、夏の強い日差しが照らした。

九

新九郎が磯松を連れだしたのは、日が暮れてから間もない頃合いだった。

昼過ぎまでの雨で、地面は泥濘《ぬかる》んでいたが、出歩くのに支障はなかった。空気も冷えて、少しだけ夏の暑さがゆるんでいた。

「どこへ連れていくんだよ」

磯松は殺気だっていた。ずっと見張られて、出歩くこともほとんどできなかったので、欲求不満が溜まっているのだろう。狂犬を思わせる眼光は、先刻から新九郎に向けられたままだ。

「くずぐずしているわけにゃいかねえんだよ。俺に狙われていると知られたら、あいつは逃げだしちまう。さっさと見つけて、ぶっ殺さねえと」

「その心配はない。姐さんは逃げないよ」

「どうして、それがわかる」

「あの人は、本所で生まれて本所で育った。いまさら別のところで暮らそうなんて思わないだろうよ」

「なら……」

「ほら、見てごらん。いたよ」

新九郎が顎で示した先には、みやびの姿があった。ちょうど一ツ目橋を渡ったところで、若い芸者と別れて、弁天の門前に向かってくるところだった。

黒の夏羽織が、じつによく似合っている。いつも以上に化粧がしっかりしているのは、この先の事態を考えてのことか。

　磯松は息を呑んだ。

「どうして、ここに……」

「私が呼んだんだよ。ちょっと遊んでほしいって。弁天は鳴り物は禁止だが、長唄の一曲ぐらいは許されていると言い聞かせてね」

　みやびが橋詰めで左右を見まわしていると、河岸沿いに歩いてきた男から声をかけられた。身なりの整った老人で、話しかけられると、みやびは丁寧に頭をさげて応じた。

「馴染みの客だ。まったく、姐さんはいい客を持っている」

「どうだか。どうせ、股を開いて落としたんだろ」

「まあ、そういうこともあるんだろうね。男と女なんだから。さて、ようやく舞台が整ったみたいだから、あらためて聞かせてもらおうか。本気で姐さんを殺《や》るつもりかい」

「あたりまえだろ」

「どうしてもかい」

「ああ。あいつさえいなければ、俺はもう少しまっとうな人生を歩むことができた。それをわからせてやりてえ」

磯松の眉毛はつりあがり、口元はすぼめられていた。怒りの表情のように見えるが、細かく見れば違うのかもしれない。

少なくとも、新九郎に見抜く力はない。

彼には、剣次郎のような人の嘘を見抜く眼もなければ、かすみのように人の話を聞いたら忘れない地獄耳もない。

だが、自分にしかない武器があることも熟知しており、それを使うべき頃合いも把握していた。

まさに、いまがそのときだ。

新九郎は頭を傾け、わざと首筋を見せるようにしながら近寄った。

頭を傾ける仕草は、好意を示す合図で、人をなごませることが多い。笑顔を浮かべれば、さらに効果的だ。

まさに、そのために新九郎は笑った。意図的に口角をあげて、目尻に皺を作る。

「そうだね。わかるよ。人のせいで、道を誤ることはあるよな」

「うるせえ。つまらないことを言うな。貴様になにがわかる」

「わかるさ。俺だって赤子のとき、親に捨てられた。そこから先は、あちこちの家に預けられて、落ち着いたのは九歳を過ぎたころだ。まあ、ひどかったよ」

深川で暮らしているとき、新九郎は周囲からさんざんにいじめられた。

父なし母なしと言われ、同年代の子どもに取り囲まれて殴られ、文字どおり、血まみれになった。大人が相手でも同じで、理不尽な言いがかりをつけられては、殴られたり蹴られたりした。角度が悪かったのか、息が止まってしまったこともあった。

「小刀でやられたこともあったぜ。ほら、見なよ」

新九郎が袖をまくると、右腕の刀傷があらわになった。それは手首から肘まで達しており、さすがに磯松も息を呑んだ。

「おまえさんにも、傷があったね」

「ああ。十一のときに喧嘩で。刃物を持っていやがって、腕を少しな」

手首の近くに傷があることに、新九郎は気づいていた。

共通点を見出すと、人の警戒心はゆるむ。身体にかかわることなら、なおさらだった。

「本当に、おまえさんは大変だったんだな」

「ああ、そうだよ」

「ずっと、ひとりで戦ってきたんだな」

「子どものころから、頼りになる奴なんていなかった。俺自身の道は、俺が切り開いてきた。そうとも、俺はがんばってきた。我慢して、ここまで突っ張ってきたんだ」

共感から、自分に対する褒め言葉を引きだした。

新九郎が褒めても、磯松はお世辞と考えて、素直に受け取ることはなかっただろう。自分で自分に言い聞かせたからこそ、心に届く。磯松の心根は、変わりつつある。

「そうさ。だからいいんだよ。おまえはおまえのやりたいようにやって」

新九郎は、自信たっぷりの口調で語りかけた。

「おまえが母親のことをどう思っているか。どうしてほしかったのか。ちょっと考えてぶちまけてこい。そのあとはどうなろうと、私が面倒を見てやる」

すっと新九郎が道を空けると、みやびが話を終えたところだった。引っ張られるようにして、磯松は前へ出たので、新九郎は短刀を渡した。

たちまち両者の間合いが詰まる。

先に気づいたのは、みやびだった。磯松を見かけて、小さく息を呑む。

「あ、あなた……」

「おう。そうだよ。磯松だよ。待っていたぜ。この機会を」

磯松は短刀を抜いた。

ようやく顔を合わせたふたりは、正面から向かいあっていた。周囲に人影はなく、一ツ目弁財天の周囲は静寂に包まれたままだ。

「おまえさえしっかりしていれば、俺は……」

みやびはうつむいた。

「殺してやる。おまえさえいなくなれば、俺は……」

「わかった。好きにするがいいよ」

みやびは顔をあげ、両腕を開いた。

「子どもの望みを叶えてあげられれば、本望さね。私も楽になる」

「ふざけるな。そんな、そんな簡単に……」

激しく磯松は首を振った。声も乱れている。動揺しているのか。それとも端から整理がついていなかったのか。

「さあ、来ておくれ」

みやびは手を広げたまま、歩み寄ってきた。

「磯松」

「畜生！」

磯松は駆けだし、みやびの懐に飛びこんだ。そのまま短刀を突きだす。

ぐっ、とうめき声があがる。みやびは身体を反らしていた。

だが、その場に崩れ落ちることはなかった。やがて磯松を見つめると、静かに抱きかかえる。

「磯松」

「おっかあ」

磯松も、強くみやびを抱きしめる。ふたりは、ひとつの影となって、道の片隅に立ち尽くしていた。

「思いは叶ったか」

新九郎が語りかけたのは、四半刻《しはんとき》も経ってからだった。雲間から月が姿を見せ、やわらかい光があたりを照らしだす。

「磯松、どうだ」

「できなかった。俺には殺せなかった」

磯松は、新九郎、ついで、みやびを見た。

短刀が地面に落ちる。その切っ先は、抜いたときと同じ輝きを放っていた。

「さっき、おまえさんと話していてわかった」

磯松はうめくようにして語る。

「俺がやってほしかったのは、こうして抱きしめてもらうことだった。おっかあと別れてから、俺は人に抱かれたことがなかった。引き取られた先でも、どこでも。いつでもひとりだった。だから、誰かに抱きしめられるのを見て、うらやましいと思っていた」

「本気で殺したいとは思っていなかったと」

「いや、本気だった。だけど、それ以上に、ほんの少し温かさが欲しかった」

磯松の言葉は重かった。つらい道のりを歩いていたのがわかる。

温かさが欲しいなどとは、並の人間は言わない。それが思わず出てしまうほど、磯松は追いこまれていたのだろう。

「姐さんはどうだい」

「殺されてもいいと思っていた。でも……」

みやびは磯松を見た。

「この身体が飛びこんできたときに、思わず手が出ていた。忘れたなんて嘘だった。この子の匂い、しっかり覚えていた。ずっと抱きしめたかった」

みやびは子どもへの未練を残していたし、磯松は母親への深い情愛を抱いていた。それが、過去の積み重ねからねじ曲がり、激しい感情のぶつかりあいとなっていた。

新九郎はそれを見て、ふたりにやらせたいようにやらせた。その結果、親子はかろうじて気持ちをやりとりすることができた。

うまくいったのは、運がよかったからだ。ただそれだけだ。

「あとのことは、こっちでやっておくよ。ふたりはじっくり話をしな」

新九郎はふたりから離れると、振り向いて言葉をかける。

「姐さんのおっかさんは、こちらで手を打っておくよ。ちょいと江戸から離す。行き先は、あとで教えるから」

新九郎はちよに頼んで、母親を連れだす手筈を整えていた。千住の先に、訳ありの人間ばかりを集めた集落があり、そこに放りこむつもりだった。

もっとも、あの身体では到着までもたないかもしれないが、知ったことではなかった。新九郎は丁寧に扱うようには言っていなかったし、端からそのつもりもなかった。

「それじゃあ、またあとでな」

「ありがとうございます」

「助かりました……でも、手のひらで転がされた気分だよ」

磯松の言葉に、新九郎は足を止めた。

「どういうことだい」

「変に話しかけて、俺の心を乱した。あれがなければ、自分の本心に気づけなかった。気持ちに押されて、おっかあを殺していたかもしれない」

「あたしだって、新さんと話をしなければ、この子から逃げていたかもしれない。どうして……」

「さあね。うまくいったんだから、どうでもいいじゃないか」

新九郎は手を振って立ち去る。

彼の得意技は、言葉で人を動かすこと。

巧みに距離を詰め、警戒されることなく懐に入りこみ、説得の言葉を並べることなく、人を思うように操る。新九郎と話をすると、気がついたときには、彼の望む方向に導かれていく。ときに、それで人は幸せになり、そしてときには、途方もない不幸に陥る。

今回も、ほんの少しだけ、自分の力を使って、ふたりを引き寄せた。

本所の口車。彼の異名は、ただのはったりではない。

獣の血から生まれた男でも、ひとさまの役に立つのなら、それでよかろう。それが、たとえ口先の力であっても。

夜風を浴びながら、新九郎は静かに弁財天門前の娼家に足を向けていた。

幕間　ある日の本所

三毛猫は目を覚ますと、大きな欠伸をした。身体を伸ばして、尻尾を高くあげると、血の流れがよくなるのがわかる。

目ざめは一瞬だが、少し身体を動かさないと、頭がまわらない。

周囲に危険の匂いがないのを確認したところで、長屋裏から飛びだす。

すぐに大きな声がして顔を向けると、長屋の女房どもが話をしていた。

芸者のところに突然、子どもが現れて大騒ぎになったが、若いころに生き別れになっていたという話を聞いて、皆が同情的になった。これからは仲睦まじくやっていけるといいね、などと言っている。

なにを言っているのだか。獣は自分だけで生きていくものだ。いつまでも一緒にいるのは、人間だけだ。

大通りを渡って、隣の長屋に行くと、仔猫が姿を見せた。

まだ生まれたばかりで、餌も満足に食べられない。にもかかわらず、彼を見ると、いまにも噛みつきそうな勢いで威嚇してきた。

あわてなさんな。いま、おまえさんの相手をするつもりはない。

三毛猫は首を振って、塀をくぐり、通りに出る。茶店の前に来ると、知った顔に出会った。

「おう。みけか。元気にしていたか」

まだ暑いのに、黒羽織に着流しという格好だ。二本差しで、背が高いこともあって、よく似合っている。八丁堀の同心で、名前はなんだったか……。

男が手を伸ばしてきたので、さっとさがる。なれなれしいのは嫌だ。

「あら、旦那、猫にも嫌われちまいましたか」

やわらかい声に顔を向けると、背の高い女が茶店の奥から出てくるところだった。

口元に小さな笑みがある。

珍しい。この女が、ここまで愛想のよい顔をするとは。

「しかたありませんね。いつもつっけんどんですから」

「やかましい。この間は触らせてくれたんだよ」

あのときは、ゴミが毛の間にもぐりこんでいた。取ってくれて、本当に助かったよ。

「そういう、おまえはどうなんだよ、かすみ」

「あたしは、いつも触らせてくれますよ。ほら、おいで」

女が屈んだので、迷いながらも近づき、頭を太股にあてる。

「ほら、来たでしょ」

「なにを言っていやがる。餌でつったくせに」

女が鰹節を差しだしたので、しっかりと舐める。小さくしてあって食べやすい。

「こういう躾が大事なんですよ。他人さまのものに手を出したら困るでしょ」

「そいつは、本所の泥棒猫だよ。角の魚屋がさんざんに嘆いている」

「知っています。でも、そこの人、あまった魚をこの子にあげているんですよ。怒るのは好きでやっているんですよ」

女が立ちあがった。もう用はないので、おさらばだ。

「なんだ。餌がなければ、お終いか」

「いいです。それで。深い付き合いはまっぴらですよ」

「そうかい」

そこで、男は容色をあらためた。

「ああ、三崎屋の件は片付いたぜ。いろいろと世話になったな。北本所の農家に、盗んだ古着を山ほど隠していやがってな。ようやく全員をとっ捕まえた」

「助かりますよ。あんな悪党が暴れていたら、商売あがったりですからね」

「なにかあったら、また手を借りるぜ。おまえさんは使える」

「お断りですよ。神の眼に睨まれたら、なにがあるかわかりませんからね」

「そういうな。よろしくな」

男が手を振って去ると、女は顔をしかめた。

「なんかやりにくいのよね、あの人……うまく調子が出ないわ」

なんのことやらよくわからず、小さく鳴く。

「ああ、あなたに言ってもしかたないわね」

「なんの話をしているんだ」

いきなり男の声がしたので、女は驚いて飛びすさった。

「なんだ、あんたかい。驚いた」

「勝手なことを。私は足音を立てて、ちゃんと近づいてきたよ。この和田新九郎、女に近づくときは、逃げも隠れもしないよ」

新九郎と名乗った男は視線を落とした。こちらに気づいたらしい。

「おう。はしっこか。元気にしていたか」

「はしっこ？　この子の名前は、たまですよ」

「いいや、違う。こいつはすばしっこいから、はしっこだ。この間も、棒手振からさっと小魚をかっぱらっていた。なかなか手際がいい」

「八丁堀の旦那は、みけって言っていましたね」

「適当だな。見た目そのままとは」

なにゆえ、人は自分に名前をつけたがるのか。どうでもいいことではあるが、どう呼ばれたときに返事をすればいいのか困るので、早々に統一してほしい。

「ちょうどよかった。おまえの餌を持ってきたぞ。魚屋に頼まれてな」

男は小魚を道端に置いた。二匹で、どちらも見た目はよくない。もっとも、そんなことは、猫の世界ではかかわりのないことなので、ありがたくいただくと決めていた。

「おう、食べはじめた。がっつくなあ」

そこで男は女を見た。

「ああ、子どもの件、ありがとうな。おまえさんが上尾屋に口をきいてくれたんだって」

「誰が、それを……ああ、もしかして飯屋の女房ですか」

「あっさり決まったんで、気になって聞いてみた」

「あの人、口が重そうなのに、あっさり話すなんて。さすがは本所の口車」

女は腰に手をあてて言った。

「まあ、上尾屋で人が足りなかったのは本当です。もう少し大きい子が欲しかったみたいだけど、そこはねじこみました。家のない子は放っておけないもの」

「さすが、頼りになる。これからもあてにさせてもらっていいかい」

「調子に乗らないで。あたし、あんたのこと嫌いだから」

「つれないなあ」

人とは、つまらない話をする生き物だ。いったい、なんの役に立つのか。

「あ、一匹、くわえていっちまったよ」

「いいんだよ。やったんだから」

塀をくぐり、路地を駆け抜けて、住み処の近くの裏長屋に戻る。

井戸の奥にまわると、先刻の仔猫が出てきて、激しく威嚇した。

よしてくれ。こちらは持ってくる物を持ってきただけさ。

仔猫を飛び越えると、長屋の裏にまわり、そこには母猫と二匹の仔猫がいた。

母猫は足を怪我しており、うまく歩くことができなかった。

仔猫は乳にしゃぶりつこうとしているようだが、できずに激しく鳴いていた。

三毛猫が口元に魚を置くと、母猫はゆっくりと食べはじめた。

威嚇した仔猫が戻ってきて、彼を見る。その目は厳しい。

ああ、おまえさんは、母親と兄妹を守っているのだな。

まだ小さいのに、一人前の猫として振る舞っている。その心がけは立派だ。これからも、しっかり守ってやってほしい。

母猫から離れて、来た道を戻る。

すると、先刻はいなかった侍が現れて、こちらを見ていた。

瞳は殺伐としている。食欲もなにもない。ただ、殺したいから殺す。そんな風情だ。

侍の注意は仔猫に向いていた。その手が刀にかかる。

思わず尻尾を立て、威嚇の声をあげる。

男の瞳がこちらを見る。その手は刀にかかったままだ。

いいぞ。こっちだ。

おまえのことは知っているぜ。さんざん、ここいらの仲間を斬り殺しやがって。楽しんでいるわけでもなく、邪魔に思っているわけでもない。ただ、やりたいからやっている。それだけだ。

このままでは、あの仔猫がやられる。

そうはさせない。少しは、連中の役に立ってやる。

それが本所で長く生きてきた者の意地だ。

侍が抜刀したところで、右に跳ぶ。

すさまじい斬撃が横から迫ってきた。

第四話　本所の守護神

一

矢野剣次郎が現場についたとき、あたりは野次馬に取り囲まれていた。江戸っ子が物見高いのはいつものことだが、さすがに今日は腹立たしく感じられた。

「ほら、どきな。御用の邪魔だ」

剣次郎はわざと十手を取りだして、野次馬を追い払った。

「的場《まとば》さん」

「おう。剣次郎か。こっちだ、見てくれ」

老同心が示した先には、若い女が横たわっていた。

着物だけでなく、むきだしの手足も濡れている。髪は乱れておらず、丸い顔にも目立った外傷はないが、胸の傷跡を見れば、なにをされたのかは想像がつく。

ぎる」

「殺しですね。こいつはひどい」

「ああ。胸をめった突きにされている。女の身体をここまでするなんて、ひどすぎる」

皺だらけの顔が歪み、太い指が細かく震える。

的場文三郎《ふみさぶろう》は南町奉行所の同心で、矢野が生まれる前から江戸の町を守ってい
た。長く定町廻りを務め、町名主とも昵懇《じっこん》である一方で、裏社会の顔役とも長い付き合いがある。江戸の隅々まで知り尽くした古兵《ふるつわもの》で、剣次郎も世話になってきた。

見た目は白髪で皺だらけの顔だが、頭の回転はいまだに速く、江戸の町をしっかりと守る経験と胆力を持ちあわせていた。

剣次郎は娘の前で手を合わせてから、その身体の横に膝をついた。

「知っているか」

「仙台屋の娘ですね。名前はりん。親は緑町で古着仲買を営んでいて、その手伝いをしていました。じつは、一昨日から行方がわからなくなっていて、番所に話が来ていたんです。今日も探してまわるつもりだったんですが、こんなことになってしまって……」

「親に話はしたか」

「まだなにも。使いを出すしかありませんね」

りんは、まだ十六歳だった。花盛りで、店頭に立つと、雰囲気が華やいだのを覚えている。

明るく、よく笑う娘で、気立てもいいことから、近所では人気者だった。両親もかわいがっており、早くいい人を見つけたいと言っていた。

「やったのは、武家か」

「おそらくは……この傷、見事なもので、修行なしでは無理ですね」

りんの死体は、草むらで横になって転がっていた。左胸に大きな傷があり、それが致命傷になったと思われる。

死体が水で濡れていたのは、すぐ近くの小川に下手人《げしゅにん》が放りこんだからだ。

「だが、流れきれずに、ここへ引っかかった。それを、朝に野菜売りが見つけたということだ」

的場の表情が、ほんの少しだけ変わった。眉毛が中央でさがり、下瞼も強張る。強い怒りがあった。

的場は感情をおさえる方法を知っており、人と話をしていても、自分の思いをあらわにすることがない。並の者なら怒ってもおかしくないところでも、表情も声も変えずに話をする。

それは、定町を長く務めるうちに身につけた技であろうが、一方で感情がなくなったのかといえば、そのようなことはなく、義憤《ぎふん》は人一倍強く、今回のような場面では自然と顔に出る。剣次郎は、そんな的場を信頼していた。

「なんとしても引っ捕らえるぞ」

「はい」

「おまえは番屋に戻って、心あたりを調べてくれ。俺の手下を動かしてもいい。親には、俺から使いを出す」

剣次郎は的場に一礼し、さらに娘の遺骸にも頭をさげてから、現場を離れた。野次馬をどかして、大川から伸びる道へ出る。

遺体が見つかったのは、北本所表町の一角で、最勝寺と武家屋敷との間にはさまった草むらだった。ひとけが少なく、夜になったら、地元の者も近寄らない。昨年も物盗りがさんざんに荒らしていって、三月《みつき》の間、剣次郎はこの一帯をしらみつぶしに調べてまわった。

二度とつまらぬ騒ぎが起きぬように、手を尽くしていたのに。悪党を追い払い、やるべきことをやってきたのに、まさか、こんなことになろうとは。

「畜生め」

思わず剣次郎が毒づいたところで、背後で、気配がした。

「ちょっと、いったい、なにをしているんですか」

高い声に顔を向けると、女が大股で歩み寄ってくるところだった。

「なんだ、かすみか。どうして、ここにいる」

「どうしたじゃありませんよ。本所の北で、女の死体があがったって聞いて、あわてて飛んできたんですよ。おりんちゃんがいなくなったことは知っていたから、もしかしたらと思って来たら……」

かすみの顔は青かった。

「おりんちゃんが殺されたって、本当なんですか」

「……ああ、間違いねえ」

「どうして。いったい、誰がやったんですか」

「わからねえ。なんの手がかりもねえんだ」

「どうして、こんなことになったんですか。いつからここに……」

「それもわからねえよ。ぎゃあぎゃあ、うるせえぞ」

剣次郎はかすみを睨みつけた。

「くわしいじゃねえか。さすが、本所の地獄耳。不幸な話は、嫌でも耳に入るってか」

「そういうのじゃない。あたしだって聞きたくなかった」

かすみも感情をあらわにしていた。拳が細かく震える。

「おりんちゃんとは、店が近かったこともあって、よく話をしていた。あたしみたいに生意気じゃなくて、とても優しい娘だった。人の話をちゃんと聞いて、心のこもった答えを返してくれた。あたしが仕事で失敗したときも、笑って慰めてくれた。お嫁に行くときは、父親に頼んで花嫁衣装をそろえてもらうって言っていたのに。どうして、こんなことに……」

かすみはうつむいた。その肩が細かく震えている。

剣次郎はあえて声をかけなかった。無念の思いは、よくわかる。

秋の雲が頭上を覆い、冷たい風が大川から吹きつける。武家屋敷の合間から砂埃が舞いあがり、剣次郎の顔を激しく叩く。

「下手人は捕まえてくれるんでしょうね」

かすみは、顔をあげた。そこには、強い怒りの念がある。

「八つ裂きにしてやってよね。できるでしょ」

「決めるのは、御奉行さまだ。だが、絶対に、りんを殺した奴は捕らえてみせる。約束する」

「わかった。なにかしてほしいことがあったら、言って。なんでもするから」

「よろしく頼むぜ」

それだけ言うと、剣次郎は足早にかすみから離れた。身体は怒りで満ちており、とてもおとなしくしてはいられない。

だから、声をかけられても反応が遅れた。

「矢野」

顔を向けると、橋場が歩み寄ってくるところだった。前に会ったときよりも、みすぼらしく見える。着物の裾はほつれていたし、袴にも汚れが目立つ。

「橋場さん、どうしてここに」

「近くの寮で休んでいたら、声が聞こえたのでな。なにがあった」

「殺しです。町娘がやられました。ひどいありさまで」

「そうか」

「なにか心あたりはありませんか」

「昨日は早くに寝ていたからな。だが、ちょっと引っかかることはある」

「なんですか、それは」

「いまはなんとも言えぬ。はっきりしたら話す。また会おう」

橋場は強張った表情のまま立ち去った。剣呑な空気は、以前よりも濃い。

剣次郎は声をかけるか迷ったが、一礼すると、反対の方向に歩きはじめた。やらねばならぬことはたくさんあり、そちらを片づけるのが先と思ったからである。

二

「なるほどね。それで、矢野の旦那はいらだっていたわけだ」

新九郎の言葉を聞いて、かすみは眉をひそめた。

「旦那と会ったんだ。どこで」

「回向院から横網町に向かうところさ。声をかけたら、すごい顔で睨まれて、おまえにかかわっている暇はねえって言われたよ。冗談で返す余裕もなかった。よほどのことがあったとは思っていたが、殺しとはね」

新九郎は大きく息をついた。珍しく彼の表情にも陰りがある。さすがに本所で殺しとなれば、いつもと同じ調子ではいられないか。

あのあと、かすみは現場から川崎屋に戻って、事の次第を告げた。

善右衛門がりんの両親に使いを出す一方で、誠仁は変な噂が広まらないように知り合いの顔役に話をしに向かった。

下女は話を聞いて、泣きだした。年が同じだったこともあり、しょっちゅう顔を合わせて話をしていたらしく、好きな人ができたら紹介すると聞かされていたようだ。悲惨な最期に耐えきれなくなって、顔をくしゃくしゃにしていた。

店は重苦しい雰囲気に包まれ、耐えられなくなって、かすみは店を出てきた。

知り合いの店をまわって話を聞いている最中に、新九郎と顔を合わせた。

「おりんちゃん、かわいそうなことをしたな」

「知っているの？」

「もちろん。古着を買いに出かけたときにね。何度も話をしたよ」

「あの子の店は仲買で、小売はしていなかったでしょ。まったく、女と見たら、すぐに声をかけるんだから」

「かわいい娘だったからね。放っておくのは罪だよ」

新九郎の表情が、そこで強張った。強い殺気に、思わずかすみは身を引いた。

「許せないね、その下手人。見つけたら、叩き殺してやる」

「そうだね」

「うちの両親も気にしている。同じことが起きたら、たまらないからね」

かすみはうなずく。こんな哀しい目に遭うのは、一度でたくさんだ。

「あんたのところで、なにか聞いていないの。裏の連中のことにはくわしいでしょう」

「昨日の今日だから、なんとも言えない。ちよさんも調べているが、まだなにもつかんでいないと思う。盗人ぐらいなら、すぐにわかるが、ここまで荒っぽいことをやる連中はちょっとね」

かすみも、殺しの話を聞くのはひさしぶりだ。去年の盗賊騒ぎをのぞけば、二年ぶりか。

本所は決して安全な場所ではなく、大川端に死体が流れ着くことも珍しくはなかったが、それでも露骨に、しかも武具を使った殺人となれば、滅多に聞く話ではない。

「そっちはどうだい。なにか聞いていないのかい」

「なにも。こっちもまだ調べたばかりだからね」

「わかったら、知らせておくれ。私より、そちらが早いと思うよ。なにせ、地獄耳だから。女は怖いねえ」

「よけいなことを言うでないよ。早くお行き」

かすみが手を振ると、新九郎は笑って立ち去った。

からかわれてしまったことが、なんとも腹立たしかった。新九郎の口車をうまくかわすことができず、ついむきになって応じてしまうのは、どういうことなのか。話をするたびに反省するのであるが、次に会ったときにいまだに活かすことができないでいる。

思わず、かすみが深く息を吐きだすと、太い声が響いてきた。

「どうしたい、かすみちゃん、そんな顔をしてさ」

「いえ、たいしたことはありませんよ、太一郎さん」

老舗古着問屋の若旦那が、笑みを浮かべて歩み寄ってきたので、かすみは無理して笑った。

「ちょっと、知り合いに絡まれてしまって。つい腹が立って」

「へえ、いま話していた人かい。かすみちゃんでも、そんなことあるんだな」

太一郎は、新九郎が去った先を見つめた。

「ふーん。で、いまの人、かすみちゃんの親戚か、なにかかい」

「えっ」

「顔立ちが似ていた。遠くから見ると、横顔の雰囲気がそっくりだった」

「そ、そんなことはないですよ。嫌ですねえ」

新九郎と親戚なんて、考えただけで気持ちが悪い。自分をごまかすため、かすみは思いついたことをそのまま語りかけた。

「そ、そういえば、芝居に連れていってくれるって話はどうなったんですか」

「へえ、覚えていてくれたんだ。俺と行くつもりはないと思っていたよ」

「せっかくの話ですから、場合によってはいいかな、とも」

「気を使ってくれるんだな。だが、あの話はなしだ。行くなら近場で、早く帰ってこられるところがいい。いろいろと気になる話を聞いたんでな」

太一郎の表情が硬くなり、声も低くなる。

「辻斬りが出ているって噂がある」

「えっ。それって、北本所の……」

「いや、違う。深川だ。森下町のあたりで、町の者がふたりも斬られている。ひと月ばかり前で、下手人はいまだに捕まっていない。大丈夫だろうとは思っていたが、そこで今日の話だ。さすがに、無理はできないと思ってな」

深川の辻斬りの件は、かすみも聞いていたが、それは喧嘩に絡んでのことで、たいしたことはないという話だった。怪我人がひとりと聞いていたが、真相は違っていたらしい。

「斬られた男は、俺の知り合いだったんだ。年下で、まだこれからってときだったのに」

太一郎はうなだれた。彼が事情にくわしかったのは、身近な人間が犠牲になったからだった。かすみは、彼の心が痛んでいるのを感じた。

だから自然と、その手を取っていた。

「わかりました。そういうことならしかたないですね。でも、いつか遊びに連れていってくださいね。そのときを楽しみにしています」

「ああ、きっとだ。花見に。飛鳥山《あすかやま》へでも行こう」

太一郎が笑うのを見て、かすみの心も温まった。近づいてはいけないと思っているのに、気持ちが寄っていくのがわかる。

男の太い腕が動いたのを見て、かすみは距離を取った。これ以上はいけない。

「ではまた。落ち着いたら、また話をしましょう」

太一郎はなおも話をしたいと思っているようだったが、かすみは振りきって離れた。濁りが混じった思いを感じながら、店へと向かう。

気持ちが中途半端だった。太一郎は嫌いではなく、むしろ、話をすればするほど、心が傾いていくのがわかったが、その一方で、近づくのは危険なことだという思いも強くあった。

かすみは人との付き合いに常に距離を置き、懐に呼びこむことを嫌った。それは出自へのこだわりもあるが、それ以上に、自分の臆病さに原因があることにもおぼろげながらに気づいていた。血ではなく、自分自身を知られたくないという思いが強すぎて、他人との深いかかわりを拒んでいた。

もしやすると、自分が本当に心を許せる相手はいないのかもしれない。いまの自分が自分であるかぎりは。

そこで、かすみは首を振った。

そんなことを考えている場合ではない。心を落ち着かせて、仕事に注意を向けるべきだろう。

「つまらないことばかり考えて」

かすみの脳裏に、新九郎がよぎる。彼がいなければ、太一郎に冷やかされることもなく、心が動揺することもなかった。本当に相性が悪い。

しばらく、新九郎とは話をしないと固く決意して、かすみは川崎屋へ足を向けた。

だが、彼女の思いは、呆気なく打ち砕かれることになる。

三日後、川崎屋に新九郎が姿を見せたのである。その表情は途方もなく暗く、普段の彼とはまったく異なっていた。

「どうしたのさ、あんた」

かすみが声をかけると、新九郎は重い口調で答えた。

「すまないが、手を貸してほしい。知り合いが……殺された」

重いひとことは、かすみにも衝撃を与えた。

三

その日、新九郎は昼から入江町の家で酒を呑んでいた。盃にも注がず、徳利にそのまま口をつけていた。

味はよくない。いい酒を買っているのに、なぜか苦味しか覚えない。

酒屋が間違っているのではと新九郎は疑ったが、何度も確認したので、過失はありえなかった。おかしいとすれば自分の舌かもしれないが。新九郎はどれぐらいの量を飲んだのか、さっぱりわからなくなっていた。

「もういいかげんにおしよ」

襖が開いて、かすみが入ってきた。無理やり徳利を奪い取って、かたわらに置く。

六畳の座敷には、ふたりしかいない。男と一緒で気にならないのかと思ったが、考えてみれば、ここは新九郎の家で、近くにはちよもいる。下女や下男も暮らしているので、安心しているのかもしれない。

それとも、案外と度胸があるのか。

「ちよさんと話をしてきた」

かすみの口調は強かった。

「おおまかなことはわかったけれど、やっぱり、あんたの口からなにが起きているか知りたいね。話してよ」

かすみが座ったのを見て、新九郎は手を差しだした。

「酒をくれ。そうすれば話す」

「駄目。ここに来たときから、あんた、同じことしか言っていない」

とうとうかすみは、徳利を背中に隠してしまった。

新九郎は、濁った頭で懸命に考えた。

知らせを聞いたのは今朝で、衝撃を受けて、そのまま飲み屋に駆けこんだ。浴びるほど呑んでから、家に戻ってさらに呑み、それでも気分が悪いままだったので、本所の町をふらふらと歩いた。

川崎屋を訪ねたのは、どういう理由だったのか。

心を許していないはずなのに、なぜか、かすみに話を聞いてもらいたいと思った。不可解な自分の心情は理解できなかったが、欲望のままに、彼女を家に引っ張ってきてしまった。だったら、やるべきことはやるべきか。

「そうだね。そろそろ話をするかね」

「知り合いが殺されたって言ったね。誰なんだい」

「……名はおやす。近くの女郎屋で、下女を務めている」

新九郎は懸命に思考をまとめて語った。

「まあ、普段は飯炊きだったが、折を見て、春を売っていた。そういう女だ。年は十八だったかな」

「あたしより若いんだ」

「頭はよくなかったよ。後先考えずに突っ走って、駄目になる。たいていは男でね」

　新九郎は、やすの顔を思いだした。

　整っているとは言いがたいが、愛嬌があって、向こうが笑うと、こちらも自然と笑みを浮かべていた。丸顔で、目元に小さなほくろがあって、ひどくそれを気にしており、いつもそれを取ってしまいたいと嘆いていた。

　新九郎を見かけると、よく声をかけてきて、その日になにがあったか、語ってくれた。裏表のない娘で、彼はいつでも気楽に話ができた。

「最後に会ったのは、四日前さ。ようやくいい男ができて、運が向いてきたと言っていた。石原町に住む畳職人で、店に通っているうちに仲がよくなったそうだ。ここのところは毎日、会いにきてくれて、横川のあたりを一緒に歩いていたらしい。忙しい店なのに、よくそんな時間を見つけられると思って感心したよ。そのときの顔が嬉しそうだったのが、忘れられないよ」

「そう」

「いつも、あたしは馬鹿で、不器用だから、なにをやっても駄目だと言っていた。家事も下手、気の利いたことも言えない。男の相手もうまくない。なにかやろうと思っても、やることがわかったときには遅くて、のろま扱いされる」

いいことなんてなにもない、とおやすは繰り返していたが、それでも日々、明るく振る舞い、自分を元気づけようとがんばっていた。それをわかってくれる男ができて、嬉しいと笑いながら言っていた。

あと少しで幸せが手に届くところまで来ていたのに、それは無惨にもへし折られてしまった。

「殺されたのが、いつだかわからない。ただ、店に帰ってこなくて騒ぎになって。私も嫌な予感がしていた。そうしたら、殺されたという知らせが入って、見にいったら……たしかに、おやすだったよ。正直、まいったね」

新九郎は大きく息をついた。

不覚だった。最後に会った日、おやすは夜に抜けだして、男に会いにいくと言っていた。お互い忙しくて、顔を合わせるのは半月ぶりで、ほかに女ができたのではと気にしていたらしく、会えるとなって本当に嬉しそうな顔をしていた。

だが、北本所の事件もあって、夜の本所はいささか殺気だっていた。喧嘩も多く、ときには長脇差《ながわきざし》を抜いての斬りあいになることもあった。

それを考えれば、行かせるべきでなかった。行かせるにしても、気をつけろのひとことを足しておけば、なにかが変わったかもしれない。

無惨なおやすの死体を見て、新九郎はひどく後悔した。

「私がもう少し気をつけていれば……」

「そうだけどね……」

かすみはしばらく新九郎を見ていたが、やがて部屋の片隅にある新しい徳利を取ると、そのまま口につけて呑んだ。

「行こうか」

「どこへ」

「その女が殺された場所だよ。見てみたい」

新九郎は嫌だったが、無理やり、かすみに立たされて、家から引きずりだされた。

おやすが殺されたのは、法恩寺橋《ほうおんじばし》を渡ってすぐのところにある寺の近くだった。板塀の近くに楠《くすのき》があり、その根本のところに倒れていた。

酔っていたこともあって足取りは遅く、たどり着くころには日が傾いていた。

初冬の寂しさを感じさせる朱の輝きが、あたりを照らしている。遠くで鳥の鳴き声がして、それがもの悲しく聞こえた。

「ここだね」

かすみは楠の根本に屈むと、花を置いた。静かに手を合わせる姿からは、深い哀しみの念が感じられた。

「身寄りの者は？」

「叔父がいるが、葬式には来なかった。縁を切ったと言われた」

「男は」

「来てくれたよ。泣き崩れていた」

「それだけが幸いだね」

かすみは立ちあがって、夕陽に身体を向けた。紅く染まる顔は、普段とは少し違うやわらかさがあった。

「あんた、なんで、あたしに話をしにきたのさ。ほかにも相手はいるだろう」

「わからない。気がつけば、いたよ。好きなのかな」

「茶化さないで。あたしを好いていないことぐらいはわかる。それより、あたしに会いにきたとき、手を貸してほしいと言っていたしね。あれは、なんなのさ」

た。

新九郎の頭から、靄が晴れていく。酔いが抜けて、ようやく頭がまわりはじめた。

「おやすの敵《かたき》を取りたい。だから、手を貸してほしい」

かすみは腕を組んで、新九郎を見た。

「おやすは、あんな無惨な死に方をする娘ではなかった。苦労しながらも、明日を信じて懸命にその日を生きていたのに、誰かがその命を奪い取った。無念だったろうと思う。せめて、その思いは晴らしてやりたい。下手人がどこかに逃げる前に、こっちで捕まえて八つ裂きにしたい」

新九郎はかすみを見やる。

「悪くないと思うが、どうだ」

「たしかにね」

「誰がやったのかはわからないが、あまりにも手口がひどい。あれでは、おやすも浮かばれない」

「どういうことだい」

「彼女は顔を斬られていた」

新九郎の言葉に、かすみは息を呑んだ。

「額と右目から頬にかけて。わざと浅手になるように斬っていた。痛みよりも、ひどい苦しみを味わったはずだ。相手は、それを見て斬り殺した。これは許しがたい」

「わかった。手伝うよ」

かすみの目には、強い怒りがあった。頬は赤く染まっている。

「許せない、そんな奴。捕まえたら、身体を切り刻んでやる」

「それは、私の仕事だ。終わってからにしてくれ」

「それで、どうする。闇雲《やみくも》に歩きまわっても、下手人は見つからないよ」

「考えはある。くわしい奴に手を借りる」

「誰だい」

「おまえさんも知っている男だよ」

新九郎は言い放った。

四

いつもの茶屋ではなく、長崎橋のたもとに来てほしいと言われて、剣次郎は嫌な予感がしていた。

そもそも同心を呼びだすところからして、おかしい。裏の世界にかかわる者は町方を嫌っており、こちらから話を持ちかけなければ会おうとしない。話をするときも、目立たないように茶店とか、料理屋を使う。

それがわかっているのに、目立つ場所に呼びだしてきたのは、なんらかの理由があってのことで、それが面倒につながることは剣次郎にも予想できた。

あえて出向いたのは、断っても無駄だと感じたからだ。避けられない用事なら、さっさと片づけるのが彼のやりかただった。

長崎橋は、南割下水が横川にそそぐ場所にあり、そこを渡れば、すぐに亀戸村だ。春になれば、亀戸天満宮の藤を求めて、多くの客がこの橋を渡る。江戸の東端と言ってもよく、旅人とそれを見送る者の姿もよく見かける。

「来てくださいましたね、旦那」

待っていたのは、新九郎だった。小さく笑うが、いつもの余裕はない。顔色も悪く、目の下には隈がある。

「見られると面倒でしょう。こっちへ」

新九郎がいざなったのは、蕎麦屋の屋台だった。小さいが、筵《むしろ》がかけてあって、外から見えないように工夫されている。言われるがままに、剣次郎は腰掛けに座った。

「こんにちは、旦那」

「おまえも来ていたのか、かすみ」

「いろいろと縁がありましてね」

「おまえらが知り合いだとは思わなかったよ」

「あたしも、旦那がこんな女誑しと知り合いだとは思いませんでしたよ。悪いことを教えられていなければいいんですけれど」

「それほど間抜けではねえよ。で、なんだ、用事っていうのは」

「ちょっと手を貸してほしいんですよ」

事情を語ったのは、新九郎だった。

知り合いの女が殺されたので、なんとかして捕まえたい。だから、知っていることがあったら教えてほしい、と言うことだった。

剣次郎は顔をしかめた。わざと所作を大きくしたのは、面倒はごめんだという合図だった。

「やめておけ。捕物は、俺たちの仕事だ。今回は、火盗改《かとうあらため》も動いている。すぐに捕まえるから待っていろ」

「それじゃ、こっちの気が晴れないんですよ。旦那だって見たでしょう。おやすの殺され方。わざと顔を斬るなんて、外道のやることですよ」

「だから、おまえが捕まえて、無念を晴らすのか……馬鹿らしい。殺めたら、おまえも同罪だぞ」

「かまいませんよ。敵が取れるなら」

新九郎が凄んだ。つりあがった目元から、怒りの強さが見てとれる。

彼は下手人を見つけたら、ためらわずに殺すだろう。それはわかる。

だが、剣次郎は、心は読めても、その相手の心を動かす手段がない。それこそ新九郎のような口車がなければ、わかっていても防ぐことはできないわけで、それで何度もつらい思いをした。

人の本音がわかっても、よいことばかりではない。

「お上のやることなんて、あてになりませんよ」

かすみが割って入った。

「りんちゃんの件だって、まだ片づいていませんよね。もう半月も経つのに、手がかりすらなく、おかげで両親とも寝込んでしまって、店も閉めっぱなしなんですよ。本当に役に立たないったら、ありゃあしない」

「うるせえぞ。こっちだって、やることはやっているんだ」

剣次郎は吐き捨てた。

なんとも腹立たしいが、そのように感じるのは正論だからだ。どちらの殺しも、手がかりすらつかめず、剣次郎はいらだっていた。

調べを進めようにも、奉行所は芝で起きた油問屋の盗みに人手を割いていて、本所にまわってくる人員は限られていた。的場も奉行所に詰めていて、剣次郎は孤立していた。

「どうせ、うまくいっていないんでしょう。だったら、手を貸してくださいよ」

「手がかりが欲しければ、町の声を聞くでしょう。私らも知り合いにあたってみますから。頼みますよ」

かすみと新九郎は同時に言った。

かすみはともかく、あの好き放題やっている新九郎がここまで真摯に頼んでくるとは。よほど腹に据えかねたか。

怒りを覚えているのは剣次郎も同じで、おやすの事件を聞いたときには、頭に血がのぼって、あちこちに当たり散らした。

ほんの少しだけ迷ってから、剣次郎は口を開いた。

「わかった、話そう。ただ、ほかの奴らには聞かせるな。いいな」

かすみと新九郎はうなずいた。

表情に嘘はない。大丈夫だ、これなら信頼できる。

剣次郎は、これまでの状況をかいつまんで説明してから、これまで伏せていた話をあきらかにした。

「おまえたちは、りんとおやすに目がいっているが、殺しはこの二件だけじゃねえんだ。もっと多く起きていて、このふた月で、五人が殺《や》られた。深川森下でひとり、亀戸でひとり、そして本所で三人だ」

「なんですって」

「そんな」

かすみと新九郎は、目を丸くした。

「手口はばらばらだ。おやすは刀、りんは槍だ。亀戸でやられたのは、小刀を使っていたし、深川はまた別だった。御番所《ごばんしょ》では、五人とも下手人は違うという見立てだ。いまのところは、俺もそう思っているよ」

「五人も人殺しが、この近くに……」

　かすみは顔をしかめた。怒りと恐怖が混じりあっている。

「狙いはなんなのか、よくわからねえ。金目のものは盗られてねえし、りんもおやすも手込めにあった様子はねえ。他の三人も、ただ殺されているだけだ。住み処もばらばらで、つながりはない。いまは手詰まりだ」

「だらしがない。もたもたしていたら、また誰かがやられちまいますよ」

「やることはやっていると言っただろう。こっちは、定町の方々に頼んで、手下を動かしてもらっている。本所だけでなく、深川の奴らも頼んで調べを進めているから、そのうち見えてくる」

「そのうちじゃ駄目でしょう。すぐにしないと」

「だから、こういうのは時がかかる。しかたがねえんだ」

　剣次郎は強い口調で言い返した。かすみの言い分もわかるが、できることとできないことがある。

「そういえば、旦那は手下を持ちませんね。あれは、どういう理由《わけ》で」

新九郎に問われて、剣次郎は静かに応じた。

「嫌いなんだよ。十手を振りまわして、悪事を働く馬鹿が多いからな。そういうのとは、付き合いたくねえんだよ」

「そいつは、ごもっともで」

新九郎は笑って、縁台を棒で叩いた。

「そんな奴らばかりだから、町の話が集まらないんですよ。とりわけ、本所の手下は、質の悪い奴らがそろっていますからね。ほら、例の三崎屋、あそこでも手下が動いて、古着の売買を助けていたって話じゃないですか。あれじゃ盗人と同じですよ」

痛いところを突かれて、剣次郎は黙った。

三崎屋の事件に北町同心の手下が絡んでいたことはたしかで、調べが遅れたのも彼らが邪魔をしていたからだった。両奉行が話しあうまで、南町の同心は手をつけることができず、剣次郎たちは歯がゆい思いをしていた。

「ここのところ、奉行所を見る町の者の目は冷たいですからね。どこまで話してくれるか」

「わかっている」

それでも剣次郎は、これ以上、本所での殺しは見たくなかった。

新九郎は隣りに座って、じっと彼を見ていたが、ゆっくり立ちあがった。

「まあ、これ以上、旦那をいじめてもしかたがないですね。まずは下手人を引っ捕らえないと。こっちは、入江町の知り合いに聞いてみますよ。妙な連中が入りこんでいないかってね」

「あたしは、もう少し北本所のあたりを調べてみます。知り合いもいるんで、聞いてみれば、新しいなにかが出てくるかもしれません」

かすみが立ちあがるのを見て、剣次郎は声をかけた。

「深入りはやめておけよ。下手に目立つと、ひっくくられるぞ」

「それほど間抜けではありませんよ。変な手下と一緒にしないでください」

「ほう。さすがに、本所の地獄耳。頼りになるな」

新九郎がからかうと、かすみは顔をしかめた。だが、それは本気で嫌がっているのではなく、なかば照れが混じっているとわかった。

そんな顔もできるのか。

剣次郎は、居心地のよさを感じていた。多くを語らずとも、すべてが通じあっているような感覚がある。同僚が相手でも、こうはならない。

長い付き合いというわけでもないのに、なぜ信頼できるのか……。

そこが、どうにもよくわからなかった。

「俺も動く。うまくやってくれ」

剣次郎も立ちあがった。よい手応えを感じたので、あとは自分を信じて動くだけだった。

五

かすみは寮を出ると、頭をさげた。

「ありがとうございます。いえ、わざわざ話を聞いてくださってすみません。おかげで助かりました」

寮から出てきたのは、茶の絹羽織を着た老人だった。

蠟燭《ろうそく》問屋伊豆屋の隠居で、北本所に隠宅《いんたく》をかまえていた。

着道楽で、本物を見抜く目に長けており、いい品物を安く買うのがうまかった。

かすみも何度か商いをしたが、気がついていない着物の傷を指摘されて、厳しく叱られたこともあった。それでも通ったのは、老人の着物好きがわかったからで、話を聞くのがとても楽しかったからだ。

今日、隠宅を訪ねたのは、もちろん、りんの事件について聞くためだったが、それ以上に安否を確認するという意味合いもあった。なにもないことが確認できて、かすみはほっとしていた。

話を聞いたかぎり、庵の近くに不審な人物はいないようだった。りんの事件は知っていたが、その前後でも変わったことはなかったと言った。

「もう下手人は本所にはいないのかな」

逃げおおせて、今頃はゆっくり暮らしているのだとしたら、腹立たしかった。新九郎の言いまわしではないが、八つ裂きにしても足りないぐらいの相手だった。

かすみは、わざと大まわりして、北本所番場町《きたほんじょばんばちょう》から大川端に出た。土手に沿ってゆっくりくだって歩くと、冷たい風が吹きつける。

時刻は七つ半を過ぎており、落日の日射しが周囲を包みこんでいた。大川を行きかう船はほとんどおらず、向こう岸では船頭が土手に座って、煙管を吹かしていた。

子どもの声に顔を向ければ、北の土手に親子連れの姿が見えた。子どもは父親の手を引いて川に近づこうとしたが、暗くなっているからという理由で、父親は子どもをなだめて母親が待つ土手に戻っていった。

心が痛む。

彼女は、子どものころに遊んだ記憶がない。

住み処の尼寺から出たこともなく、いつでも縁側で座っていて、それを寺の者たちが見ていた。手を引いてもらったことは一度としてなく、元気な子どもとその親の姿は、見ているだけで彼女の心を掻き乱す。

ひとつ首を振ると、かすみは川から離れて、武家屋敷の合間に入った。高い銀杏の枝が道まで伸びていて、深い影を生みだす。

りんの事件があったのは、この先だった。どこかで下手人に目をつけられ、槍で突き殺された。そのとき、彼女はどんなことを思ったのか。頭をよぎったのは両親か、それとも最愛の人か。目を閉じれば、死にたくないという声が聞こえてきそうだ。

この十日ばかり、本所の知り合いに片っ端から声をかけてみたが、下手人らしい人物を見出すことはできなかった。怪しい男はいても、当日、知り合いが見ていたり、江戸から離れていたりで、かかわりを持っているとは考えにくかった。

太一郎も、心あたりはないと語った。

かすみは焦っていた。五つも事件が起きているのだから、どれかひとつぐらい下手人にかかわる話が出てきてもおかしくないのに、なんの反応もないとは。

本当になにもないのか。

それとも、自分の耳に引っかかってこないだけなのか。

はっきりしているのは、無為に時間が経っていることで、それに彼女がいらだっていることだけだった。

「地獄耳も返上だね、このままじゃ」

手がかりがない以上、もう一度、相談してみるしかない。

あのふたりに。

剣次郎も新九郎も苦手だが、頼りにはなる。話をしているうちに、またなにかいい考えが出てくるかもしれない。やるならば、早いうちがよかろう。

かすみがさらに南におりると、周囲に小さな武家屋敷が広がった。ひとけはなく、彼女を覆いつぶすかのような静寂が広がる。

いまどきの武家はろくに奉公人もいないので、夕暮れ近くになると、町から完全に人の気配が消えてしまう。

足早に、かすみは小路を抜ける。

それに気づいたのは、かすみの神経が集中していたからだった。少しでもよけいなことを考えていたら、その異音は聞き取れなかっただろう。

右から迫る音に、かすみは反射的に身を屈めた。

その頭上を、なにかがかすめる。

少しさがって、かすみは懐から小刀を取りだした。

葵の御紋入りで、彼女の身元を証明する大事な品物だ。

だが、かすみは、それを護身具として、あたりまえのように使っていた。使い方は、尼寺にいたとき、かつて大奥で侍女を務めていた女から習った。

「あんた、何者」

かすみは問いかける。

正面に男が立っていた。右手に長刀、左手に脇差の二刀流だった。

顔は覆面に覆われていて見えなかった。着物も袴も汚く、裾の周辺は泥で黒く染まっていた。

殺気が高まって、かすみは引く。

男は前に出て、斬撃を放つ。

目の前を刃がかすめるが、神経を集中して、相手の動きを見定める。

かすみにとって大事なのは、音だった。土の道を踏みこんでくるときの、わずかな音の差で、相手との間合いをはかる。

二度、三度、と二刀が迫る。

そのすべてをかすみは弾く。

風が吹き、背後の木が揺れる。

勝つには反撃に出るよりなかったが、さすがに小刀だけでは厳しすぎる。

どうしたものかとかすみが悩んだとき、彼方から戸の開く音がした。きわめて小さかったが、かすみの耳には十分だった。

かすみが顔を向けると、武家屋敷から人が出てきたところだった。三人で、周囲を見まわしている。

「誰か、誰か」

かすみが声をあげると、武家のふたりがこちらに気づいた。声がする。

そこから、男の動きは速かった。刀を納めることなく、またたく間にかすみの前を駆け抜けると、武家屋敷の小道に消えた。

残ったのは、吹き抜ける風だけだった。

かすみは大きく息をついて、うなだれた。武家の集団が彼女に歩み寄るまでには、少し時間がかかった。

六

「馬鹿野郎、勝手なことをしやがって」

剣次郎が怒鳴ると、かすみは肩をすくめた。まずいことをしたと思うだけの頭はあるらしい。

「万が一のことがあったら、どうするつもりだったんだ」

「だけど、気になったことがあったから……」

「言いわけするな。女がひとりでうろつくのですら危ねえのに、あちこち嗅ぎまわって歩くなんざ、最悪だ。斬り殺されなかったのは、単に運がよかったからだぞ」

かすみから、襲われたという話を聞いて、剣次郎は猛烈に腹を立てていた。

下手人の行方を捜してまわるなんて、無茶が過ぎる。相手は女でも容赦なく殺す化物で、嗅ぎまわる奴に気づけば、早々に始末してくるだろう。ひとりで歩いていれば、狙われるのはあたりまえだった。

「それで、店の者には言ったのか」

「いいえ。話をしたら、外に出してくれそうになかったので」

「なら、俺から話をしてやる。しばらく、おとなしくしていろ」

「まあまあ、無事だったんだから、そんな口うるさく言わなくてもいいじゃないですか」

新九郎が口をはさんできた。作り笑いがわざとらしい。

「かすみちゃんにだって、悪気があったわけじゃないんですから」

「当然だ。わざとやっていたら、この場で張り倒している」

「女に腕をあげるのは、うまくありませんよ。かえって、物事がややこしくなる」

新九郎は歩み寄ると、首をかしげながら話を続ける。

「お見受けしたところ、旦那は今日、あまりよいことがなかったようだ」

「………」

「おかげで、気が立っておられる。まあ、旦那のことですから、真面目に仕事をやりすぎて、上役から説教を受けたんじゃないですか。手を出してはいけないところまで突っこんだせいで」

新九郎の指摘は正しい。

本所の殺しについて調べていたら、定町廻りの同心から、よけいなことはするなと言われた。縄張りを荒らしていたようで、手下が文句を言ったらしい。

剣次郎にも、もしかしたらという思いはあったが、下手人をあげるためなら、強引な聞き込みもやむをえないと考えていた。

聞き込みの相手は、町の者からも嫌われるならず者だったが、彼が平然としていたのは、同心の庇護があったからだろう。

剣次郎は反論したが、相手の受け入れるところとはならなかった。同僚も彼に味方することはなく、的場に言われて、結局、引きさがった。

「旦那は本気で、下手人捜しをやっていた。だから、迂闊に動いたかすみちゃんに、腹を立てた。そういうことでしょう」

奉行所の関心は、芝の盗みに向いていた。それが悔しくて、つい八つ当たりをしてしまったこともある。

剣次郎は、かすみを横目で見た。

「悪かったな。少し言いすぎた」

「いえ、あたしこそ」

「はは。これで仲直りですね。よかったですねえ」

新九郎は笑ったが、それは計算ずくの作り笑いだった。

彼はうまく剣次郎を丸めこんで、争いをおさめてみせた。見事な口車で、さすがとしか言いようがない。

三人が顔を合わせているのは、この間と同じ長崎橋の近くにある屋台だった。主は離れた場所で煙管を吹かしており、話が聞かれる心配はない。

「それで、相手の顔は見たのか」

「覆面をしていたので、無理でした」

「相手は侍か」

「たぶん。刀を振ることに慣れていたように見えた。二刀ですから」

「二刀と言えば、二天一流か」

新免玄信《しんめんはるのぶ》が打ちたてた特異な流派は、肥後細川家《ひごほそかわけ》にいまも残っている。剣次郎も一度だけ相手をしたことがあるが、変幻自在の太刀筋に眩惑された。

「越後に伝わったと聞くが、江戸にも門人がいたのか」

「くわしいですね。いまどき剣にこだわる武家なんて、ほとんどいないのに」

「好きなんだよ。剣を振っていれば、よけいなことを考えずに済むからな」

神道無念流だけでなく、他の流派も学んだのは、夢中になって自分のつまらぬ血のことを考えたくなかったからだ。おかげで変な癖がついたと、父には怒られたが。

「このあとも、かすみちゃんはきっと狙われるね。討ち漏らした相手を逃すとは思えない」

新九郎は頰を搔いた。

「旦那の言うとおり、しばらくは店から出ないほうがいいかもね」

「まっぴらだよ。あんな相手にびびって、じっとしているなんて。仕事だってあるのに」

「おや、手代の仕事は嫌いだったんじゃないのかい」

「それとこれとは別。あたしがなにをするかは、あたしが決める」

「あいかわらず強気だねえ」

「あんたが、軟弱なだけでしょ」

かすみは縁台から立ちあがった。

「もういいよ。あたしはあたしのやりたいようにやる。あんたたちには頼らない」

「おい、ちょっと待て」

「ふん、口だけの町方が、なんの役に立つのさ。りんちゃんの敵は、この手で取る」

かすみが腕を振ると、袖口からなにかがこぼれて落ちた。拾いあげたのは、立ちあがった新九郎だった。

「ほら、乱暴なことをするから」

その目線が止まる。かすみが息を呑んで、それを奪い取る。

「おまえさん、その小刀……」

「気にしないでおくれよ。どこにでもあるものでしょ」

新九郎の顔は強張っていた。

眉毛が大きく曲がり、瞼も上にあがっている。口は結ばれているが、それは意志によるものではなく、自然とそのようになっていた。

おさえられた恐怖が、そこにはあった。いったい、なにがあったのか。

「どうしたのさ、いったい」

新九郎は無言で懐に手を突っこむと、小刀を取りだして、かすみに渡した。

かすみは受け取り、なにげなく柄を見る。一瞬で、その表情が変わった。

「な、なんで、あんたがこれを」

「いったい、どうした」

剣次郎は、かすみから小刀を奪い取った。柄を見た瞬間、うめき声が出る。

三つ葉葵の家紋と家斉の名前。

流星剣だ。これを持っているということは。

「……おまえたち、上さまの子か。ふたりとも」

「どうして、それを」

剣次郎は、おのれも懐から小刀を取りだしてみせた。

三つは、まったく同じものだった。

しばしの静寂ののち、笑い声があがった。

新九郎だった。その声は次第に大きくなり、通りがかりの人物の目を引くまでになった。

「こいつはいい。傑作だ。まさか、あの獣の子どもが顔を合わせるとは」

新九郎は口元を歪めた。

「しかも、ふたりではなく、三人とは。今日は特別な日か」

「よせ。聞かれたら、どうする」

「いいじゃないか。俺たちはどうせ……」

「黙れと言っている」

剣次郎が刀に手をかけると、さすがに新九郎は口を閉ざした。小さくうなって縁台に腰をかける。

隣りに座ったのはかすみで、こちらも顔が真っ青だった。

「信じられない。まさか、こんなことがあるなんて……」

「まったく。お笑いぐさだよ。俺たちの父親が同じとはね。しかも、その父は江戸の城に鎮座する、この世でいちばん偉い人なんだからな」

剣次郎も衝撃を受けていた。

兄弟がいることは知っていたが、まさか、自分のように正体を隠され、他の家に預けられている者がいるとは思わなかった。しかも武家ではなく、町民とは。

「年でいえば、旦那がいちばん上だね。兄貴になる。ついで私で、最後がおまえさんか。よろしくな、我が妹」

「よしてくれ。吐き気がする」

かすみは顔を覆った。

「あんたたちとは噛みあわせが悪いと思っていた。なにか理由《わけ》があるとは思っていたが、こんなこととは」

「私だって、やりにくいと思っていたよ。呆れたね」

新九郎は大きく息をついた。しばし沈黙が広がる。

剣次郎は、言葉をうまくつむぐことができなかった。考えがまとまらない。

自分は将軍の子として腫れ物のように扱われ、同心にはなったものの、早々に隠居を決めつけられた身である。どこにも居場所がなかったし、これからも見つかるまい。一生、息苦しいままで生きていくと思っていた。

だが、同じ境遇で生を受けた者がおり、その者たちは正体を隠しながらも、自由闊達《かったつ》に生きていた。

少なくも自分が感じているような息苦しさは、どこにも見てとれない。いったい、自分のしてきたことはなんだったのか。

剣次郎は、自分を罵りたい気持ちだった。

「いい身分ですねえ、兄貴。武家になった気分はいかがですか」

「なんだと！」

剣次郎が睨みつけると、新九郎も彼を見返していた。

「俺たちは、偉い人の子どもなのに、なんの助けも得られず、町民として放りだされましたよ。望まぬところに預けられて、さんざんに苦労してきました。それが兄貴は同心として、うまくやっている。このままなら定町ですか。よろしいですね」

「うるさい。黙れ」

「いいえ、言わせてもらいますよ。俺たちだって世が世なら、若や姫と呼ばれる身分になったかもしれない。なのに、捨て子みたいに扱われて、日々、生きるだけで精一杯ですよ。まったく阿呆らしい」

新九郎は立ちあがり、ふたりから離れた。

「どこへ行く」

「帰ります。あんたたちとはやっていけない。兄妹なんてうんざりですよ」

新九郎は下水に沿って、ゆっくり歩きだす。

「あたしも、あんたたちとは一緒にいたくない」

かすみも立ちあがった。

「こんな血なんか欲しくなかった。もうなにも見たくない」

彼女は横川に沿って、入江町方面にくだっていった。

剣次郎はひとり、縁台に残された。彼らにかける言葉は思いつかなかった。

七

「おやおや、荒れているねえ」

座敷の壁にもたれかかって、新九郎が酒を呑んでいると、声がかかった。ひどく荒っぽい呑み方で、おやすが死んだときよりもひどいかもしれない。

思わぬ真実は、彼にとっては厳しいものだった。

襖が開いて姿を見せたのは、ちよだった。

「よくも、ここまで呑んだものだね。呆れたよ」

「ああ、どうも。ひさしぶりだね」

「なにを言っているんだか。まったく呑むなら、うちにしなよ。他人さまに迷惑をかけるのはやめな」

ちよは、新九郎の前に座った。

それはいいが、もうひとり、背丈の大きな男が入ってきて、彼の前に座ったのには驚いた。義父の五郎太で、滅多にそろうことのない両親が、弁財天前の娼家に姿を見せていた。

「やっぱり、ここはこぎれいだね。いい大人が集まるって聞いていたけれど、本当だ」

「どうしたんだよ。ふたりそろって、なにか用か」

「いや、あんたが荒れているって聞いたんでね、様子を見にね」

ちよと五郎太が座ると、新九郎は顔を逸らした。

三人で話をしたあの日以来、新九郎は弁財天前の娼家にこもって、ひたすら酒を呑んでいた。女も呼ばず、仲間にも声をかけず、ひとりで飲んで食べて眠り、目が醒めたらまた呑むという暮らしだ。

呑まずにやっていけなかったのは、それほどまでに、あの事実が衝撃的だったからだ。まさか、あのふたりと血のつながりがあったとは。

将軍の子どもが、あんなどこにでもいる町の者のように暮らしているとは思わなかった。

「雨戸ぐらい開けなよ。ひどいね」

「平気さ。気にならない」

「よく言う。こんな食べっぱなし呑みっぱなしでさ。あんた、見かけによらず、きれい好きだからね。こういうのは嫌いだろう」

座敷には、徳利や盃が散らばっていて、足を伸ばせばぶつかりそうだった。膳も片づけていないので、六畳の座敷がひどくせまく見える。片づけをしなかったのはわざとで、荒《すさ》んだ場所に身を置きたかった。

「子どもっぽいことをしても、なにも変わらないよ」

「いいだろう、べつに」

「なにがあったのさ」

「言いたくない」

「本当に子どもみたいだね。まあいいや。だったら、こっちの話をしようかね」

「いいさ。やってくれ」

「今日は跡継ぎの話をしにきた。そろそろ決めておきたいんでね」

ちよが普通の調子で語ったので、新九郎はなにを言われているのかわからなかった。

事の重大さがわかったのは、ちよが煙管を取りだして、かたわらの長火鉢を使って火をつけたときだった。

「待ってくれ。跡継ぎだって」

「そうさ。入江町の顔役だよ。あたしたちも年だからね。ここいらで手を打っておかないと、面倒なことになる。あちこちに挨拶もしなきゃいけない。やるなら、いましかないと思ってね」

　新九郎の背を、冷たい汗が流れた。

　入江町は、本所屈指の盛り場であり、名の通った娼家や茶屋が並び立つ。人の流れは大きく、金の流れはもっと大きい。両国や回向院門前と異なる怪しい輝きを放つ地は、本所の肝と言っていい。入江町が盛っていてこそ、周囲の町もうまくやっていける。

　それだけに、顔役にかかる役割は大きい。入江町には小難しい連中が集まっており、勝手気ままなことをおこなっている。それをまとめるのは、たやすいことではない。

　それを新九郎にまかせる、とちよは言った。

「前々から話はしていたのに、おまえはちっとも動かない。なら、こっちから無理に動かすしかないと思った。勝手にやっちまってもいいけれど、筋は通しておこうと思ったのさ。まあ、跡を継ぐといっても三年はかかる。おまえさん、二十三だろう。ちょうどそのころにはよくなっているさ」

「ち、ちょっと待ってくれ」

「悪いけれど、これは決まりだからね。変えるつもりはないよ」

「勝手なことを」

「いつまでもぐずぐずしているから、こういうことになる」

「どうして、俺なのさ。ほかにもいるだろう。ふさわしい奴は」

新九郎は口元を歪めて笑った。荒々しい気分がこみあげてくる。

「まさか、俺が将軍の血を引いているからか。それが欲しいのか。だったら……」

言葉は途中で途絶えた。五郎太が立ちあがり、新九郎の頬を張り倒したからだ。

「おまえは馬鹿か」

五郎太の重々しい声が響く。

「俺たちをなんだと思っている」

義父に見つめられて、新九郎は息を呑んだ。瞳の輝きは真剣だった。長年、本所の裏社会をまとめあげた男が、本気で話をしている。

五郎太は本物だ。普段はちよにまかせて、本所を歩いているだけだが、ひとたび口を開けば、どんな騒動でもまとめてしまう。雷を思わせる激しさで、本所のうるさ方も彼が動けば、たいていは黙りこんでしまう。新九郎のような軽い口車とは違う重みを持っていた。

「そういうことさ。おまえならばできる。そう思ったから、あたしたちは話を進めにきたんだよ」

ちよは笑った。

「将軍の血なんて、塵芥ほどの価値もないよ。とくに、この本所ではね」

「………」

「大事なのは、いまここで生きている者がなにをするかさ。どんなに下賤《げせん》の血を持っていても、できる奴はできるし、家柄がよくても駄目な奴は駄目。本所には、江戸からいろんな奴が集まってきて、血のつながりなんて、かかわりのないところで生きている。それをまとめあげることができるのは、本所の機微をわかっていて、いざというときに、腹をくくって動くことができる奴だよ」

「それが俺だと」

「そうさ。もうちょっと重みがあるといいんだけどねえ」

ちよのからかうような声に、新九郎はうつむいた。

意外だった。彼は将軍の子であることに、絶望感を抱いていた。

真相を語れば、誰もがその血を畏怖し、遠ざかると。

あるのは孤独だけだと信じていたが、どうやら、それは間違いだったようで、ちゃんと彼のことを見ている人はいた。

ちよも五郎太も、新九郎自身のことを知ったうえで、本所の顔役をまかせると語ってくれた。これほど嬉しいことはない。

ただ、好意を素直に受け取るには、新九郎はひねすぎていた。

「おやおや、この先も、こんな面倒な親を世話しなきゃならないとは……。なんとも疲れるね」

「それは、こっちの台詞だ。おまえの面倒は疲れる」

「お互いさまってことかね」

新九郎は笑った。

重苦しい気分はいくらかやわらぎ、頭がすっきりとしてきた。前へ進もうという意欲が湧いてくる。それが、ちよと五郎太の口車によるものだから、いささか悔しくはあるが、気分は悪くはなかった。

「そこまで言われたら、しかたない。跡継ぎの件、考えておくよ」

「そうしておくれ」

「ただ、いまはひとつ、片づけたいことがある。それに目処がつくまで待ってほしい」

「わかっている。それもあって、ここへ来た。例の件、あたしたちも黙って見ていたんじゃないいんだよ」

「調べは続けていたのか」

「もちろん。この本所で好きにやらせるわけにはいかないんだ。さて、どこからはじめようかねえ」

まったく、このふたりにはかなわない……。

今日、跡継ぎの件を話しにきたのも、例の事件の大枠がつかめたからで、それを説明するために口実を設けてやってきたに違いない。もっとも、痺れを切らしたというのも本当のことだろうが。

ちよは、ゆっくりと語りはじめた。予想どおり、それは事件の核心に迫る内容であった。

八

店の縁側を歩いていて、かすみは冷たい風が吹き寄せてくるのを感じた。

思いのほか季節が進むのが早い。先刻まで夏の暑さが残っていたと思ったら、いつしか冷たい秋の空気が周囲を包んでいた。夜になれば、さらに気温はさがるはずで、戸締まりには気をつけないといけない。

「あきさま。かすみです」

「ああ、入って。待っていたのよ」

障子を開けて縁側から寝所に入ると、ちょうどあきが身体を起こしたところだったので、かすみはあわててそばに寄った。

「寝ていてください。具合はよくないんですから」

「大丈夫よ。横になってばかりじゃ、かえって気分が悪くなるから」

半身を起こしたところで、かすみは羽織を取って、あきの肩にかけた。以前より肩の肉は落ち、肌も白くなったように思える。

この半月ばかり、あきは寝込んでいた。夜にひどい咳をすることもあって、薬の量も増えていた。

「呼びだして、ごめんなさいね。忙しいのに」

「いえ、そんな」

「ただ、ここのところ、かすみちゃんの様子がおかしいから気になっていたの。ぼうっとしていることが多くて、仕事をしていても上の空の様子で」

「すみません。適当にやっていたわけではありませんので」

「わかっている。ちゃんと仕事はやっていた。なのに、気持ちが切れていたところが引っかかったの。そういう子じゃないから」

あきはかすみを見据えた。

「なにがあったの」

「べつに……なにもありません」

「そう。じゃあ、もう聞かない」

「えっ」

「だって、聞かれても答えてくれないんでしょう。だったら、もういいかと思って」

あきは顔をそむけた。

子どものような振る舞いだが、それは本気で気にしているという証しでもあった。じつは、あきがすねると手をつけられず、十日は口をきいてくれない。

店の雰囲気も一気に悪くなるので、主の善右衛門ですら気を使うほどだ。

やむなく、かすみは事の次第を話した。ふたりが将軍の血を継いでいることは伏せたが、ほかはすべてあきらかにした。

「なるほど。まさか、かすみちゃんが、矢野さまと新九郎さんのふたりと付き合いがあったなんて、ちょっと驚いたな」

「付き合いなんて、それほどでも。ちょっと話をしたぐらいです」

「でも、ふたりがお兄さんと知って驚いたでしょう」

「それは、もう……えっ」

かすみが見ると、あきは首を傾けて笑った。

「それぐらいわかるわよ。かすみちゃんって、いつも静かで、我を忘れて怒るのって、自分の血のことぐらいだから。今回はとくにひどかった」

見ているだけで、かすみの気持ちがわかってしまうのか。それは、自分がわかりやすいのか、それともあきの読みが深いのか。後者だと思いたいが、かすみは自信を持てなかった。

「それで、どう思った。お兄さんがすぐ近くにいると知って」

「……はじめは腹が立ちました。隠していたのかと思って」

かすみは膝の上で手を握りしめた。

「でも、考えてみれば、簡単にできる話ではありません。あたしだって黙っていましたし。しかたのないことと思いましたし、自分にも言い聞かせました。ですが、うまくいかなくて、どうにも気持ちがまとまらなくて」

かすみは、自分が混乱する理由がよくわからなかった。嫌な別れ方をしてから、すでに五日が経つが、いまだに割りきれない。

「どうしてなんでしょうか」

「そんなの決まっているでしょう。かすみちゃんが、ふたりに気持ちを許していたからよ。信じることができる相手と思っていたから、裏切られた気分になって落ちこんだの。すごいなあ、かすみちゃんに、そんなに気にさせるなんて」

「……もしかしたら血がつながっているせいでしょうか。だから、いつの間にか
……」

「それは違う」

「えっ」

「ねえ。かすみちゃん、ふたりがお兄さんであることはわかった。でも、それで、あなたが変わるの。違うでしょう。あなたはあなたのままでしょう」

あきは手を伸ばして、かすみの頰を撫でた。

「いまもあなたは変わっていない。頭がよくて、気がまわって、ぶっきらぼうのように見えて、人のことに気を配っていて、なにかあるとすぐに手を差しだす。店のこともよくわかっていて、あまり好きじゃないのに、手代の仕事に励んで、しっかり儲けを出してくれる。それでいて、男の人にもてる。そうでしょ」

「あたし、もてません。だって、背が高いし……」

「そんなことないわよ」

あきは笑って、布団を撫でた。

「三日前に、太一郎さんがうちに来たの。あなたを嫁に欲しいって。もう真剣で、あたしも旦那さまも、口がきけなかったぐらい」

「そんな、太一郎さんが……」

よく声をかけてくれたが、そこまで考えているとは考えていなかった。

「さすがに、聞くだけにしておいた。だって、かすみちゃんの気持ちがわからないから。悪い人ではないけれど、ずっと付き合っていくには、その先のなにかがないとね」

　そこであきが呟きこんだので、かすみが背中をさすった。落ち着いたところで、かすみが肩を軽く押すと、あきはそのまま横になった。

「かすみちゃんが、血のことを気にしているのはわかる。怖いよね。だけど、あなたはあなた。大事なのは、これからどうやって生きていくか。どうしたい？」

「……本所の町で生きていきたいです。このまま」

　川崎屋の手代として、町に埋もれて生きていく。知った人たちと笑ったり、泣いたり、怒ったりしながら、忙しい時を過ごしていきたい。

　まわりの人たちが少しでも幸福になるために、できることをやりたい。いままでと同じように。

「皆が笑って過ごしてくれれば、嬉しいです」

「そうね。だったら、なにをすればいいのかわかるでしょう。じっとしているなんて、あなたらしくはないんだから」

　かすみはうなずくと、あきの寝所を離れた。顔をあげると、秋の日差しが見える。

　お天道さまを見るのは、ひさしぶりだった。いつから自分はうつむいていたのだろう。

そこで声をかけられた。

かすみが顔を向けると、番頭の誠仁が縁側に立っていた。

「お客さまだ」

誰が来たのか、察しがつく。

足早に裏木戸にまわると、剣次郎と新九郎が並んで彼女を待っていた。

九

剣次郎は、かすみから十間の距離を置いて、あとをつけていた。

時の鐘が鳴ってから、およそ四半刻。周囲の闇は濃くなる一方で、月が出ていてもかすみの後ろ姿は消えかけている。

剣次郎がわずか足を速めると、その前に棒が突きだされた。

「駄目ですよ、旦那。これ以上、近寄ったら、相手に気づかれてしまいます」

「だが、これでは見失ってしまう」

「大丈夫です。かすみも、俺たちがいることはわかっているんですから。なにかあったら、すぐにこっちに来ますよ」

新九郎は正面を見つめた。落ち着いていて、言葉も穏やかだ。興奮した自分を恥じて、剣次郎はあらためて、かすみのあとをつける。

あの諍いのあと、剣次郎はしばらく屋敷にこもっていた。下手人のことを考えようとしたが、思い浮かぶのは、かすみや新九郎のことばかりだった。

さすがに、ふたりが弟妹とは考えもしなかった。将軍が町民にまで手を出しているとは思いもしなかったし、できた子どもを、こんなに荒っぽく放りだしているとも考えなかった。

家斉にとって、興味があるのは目の前の女だけなのだろう。一時の快楽が済んでしまえば、それで終わりらしい。あとはすべて家臣に押しつけて、片づけてしまうのだから、たいした鬼畜ぶりである。

剣次郎は将軍の血を引いていることで嫌な目にも遭ったが、それでも武家なので、生きる道を切り開くのは容易だった。矢野家の養子になれたのも、将軍の血脈が大きくかかわっていた。

だが、町民である彼らには、なんの支援もなかった。放りだされたら、あとは自分の才覚だけで生きていくしかなく、それは決して単純な道のりではなかっただろう。

出生を偽っているのだから、なおさらだ。

それでもふたりは生き抜き、いまや本所でも名の知られる存在になった。単なる同心の自分とは違う。

「まったく、たいしたものだよ」

思わず剣次郎がつぶやくと、新九郎が反応した。

「どうなさいました」

「いや、俺は武家であることに甘えていて、自分の足で歩いていこうとは思わなかった。おまえらにはかなわんなと思ってな」

「なにをおっしゃるか。旦那はちゃんと自分で考えて歩いておりますよ。そうでなければ、私を訪ねることはなかったでしょう」

剣次郎は、事件のあと、さんざん考え抜いた末に、新九郎、かすみと会う道を選んだ。割りきれない思いはあるが、下手人を放っておくことはできなかった。

剣次郎が新九郎の家を訪ねると、彼はさして驚く様子もなく、かすみとも話がしたいと語ったので、そのまま川崎屋に向かった。かすみも彼らが顔を見せてもまったく驚かず、三人は連れだって近くの茶屋に赴き、そこで策を練ったのである。

「私だったら、できなかった。それで殺される者が増えていたかもしれません」

「俺は同心だからな。悪は見逃せねえ」

剣次郎は、新九郎を見た。

「正直、おまえらと一緒だとやりやすい」

「それは血がつながっているからですか」

「違う。おまえたちができる奴だからだ。弟妹とかそんなのはかかわりねえ」

家柄や血筋は関係ない。目の前に立っている人間がすべてで、彼らとうまくやっていければ、それでいい。ほかは、おまけだった。

「そういう考え、いいですね。だから、こっちもやりやすい」

新九郎は、先だって顔を合わせたとき、重大な話をいくつか語った。

義理の両親から聞いたらしいが、それは正しいように剣次郎には思えた。そこに気づけば、多くのことが見えてくる。

あとは、かすみの地獄耳が役に立った。条件を満たす人間は絞られるわけで、あとは彼らの動きを見ているだけでよかった。

かすみがあえて囮役を買って出たのも、今日こそ敵が動くと見てのことだ。すでに網は張ってあり、かかるのを待つだけだった。

「旦那」

新九郎の言葉で、剣次郎は殺気を感じとった。

正面から近づいてくる。やはり、ひとりだった。

かすみの歩調は変わらない。気づいていないのかもしれない。

不意に影が動いて、白刃をかざした男が姿を見せた。一直線に、かすみへ向かう。

剣次郎は動いた。新九郎もそれにならう。

かすみは気配に気づいて、さがった。それでも男の速さにはかなわない。

剣次郎は闇夜の道を、全力で駆け抜けた。

一瞬で間合いを詰めると、ふたりの間に割って入る。

強烈な斬撃を刀で受けると、乾いた音が響いた。

相手の口から不気味な声が漏れて、左からの一撃が来た。脇差の一撃で、剣次郎はさがってかわした。

「こいつに間違いないか、かすみ」

「はい」

「出やがったな、悪党。よくも五人も殺してくれたな」

さらに一撃が来て、剣次郎は横に跳んだ。相手が刀を引くのにあわせて、踏みこんで一閃すると、ぱらりと覆面が落ちた。

剣次郎が息を呑む。やはり、そうだったのか。

声に出して尋ねたのは、新九郎だった。

「おぬし、旗本だな。名は橋場源三郎。間違いないか」

橋場はなにも言わない。

下手人ついての情報をもたらしたのは、新九郎だった。

腕の立つ剣客がおり、それが本所の町をうろついている。

名は橋場源三郎。

目的もなく、ただぶらぶらしているだけなので、町の者の目にはつきにくかったが、彼を探っていた盗人が姿を消したことから、裏稼業の者たちが気にしていたらしい。

調べたのは、新九郎の両親だった。さすが入江町の顔役であり、町方も知らない裏事情をしっかりつかんでいた。

正直、剣次郎には信じられなかった。闊達で、面倒見のよかった橋場が外道の世界に足を踏み入れるとは考えにくかった。

だが、新九郎の話をもとに調べを進めると、彼が殺しにかかわっているのはあきらかだった。多くの町人が、りんややすが殺されたとき、橋場が周辺をうろついていることを証言したのである。

「橋場さん、どうして」

剣次郎の問いに、男は答えなかった。暗い瞳の輝きが強まっただけだ。

「おまえさん、剣でも槍でも使いこなすそうだねえ」

新九郎が前に出て、橋場を睨みつけた。その声は低く、重い。

「深川の時には、十手術を使ったみたいだねえ。手口が違っていたから、別人だと思っていたが、違ったね。どうして、ひとりでこんなに殺してまわった」

またも橋場は、答えなかった。ただ間合いを詰めてくるだけだ。

新九郎が棒を構えたので、あわてて剣次郎が押さえる。

「よせ。正面からやっては勝てない」

橋場の技量は知り尽くしている。かすみや新九郎のような素人ではどうにもならない。剣次郎ですら、下手に仕掛ければ、一刀両断であろう。

剣次郎は突破口を考えながら、青眼に構える。

橋場は二刀をさげて、彼と向かいあう。間違いなく二天一流だ。

北からの風が吹き、砂埃があがる。

それを合図にして、男が飛ぶ。

剣次郎は太刀の一撃を食い止める。片手なのにすさまじい勢いだ。

ふらつきながら食い止めると、今度は脇差が迫る。なんとかさがってかわすが、脇腹を軽く斬られた。

橋場は吠えた。凄惨な気合いが剣次郎を包みこむ。

彼が左に跳ぶと、橋場はそれを待っていたかのように間合いを詰めて、斬撃を振りおろす。

剣次郎は鋭い一撃を食い止めてさがった。

このままではやられてしまう。どうするか。

思いきって勝負に出るか。それとも仕切り直すか。

剣次郎がためらったところで、背後で気配がした。

新九郎とかすみだ。見えずとも意志の強さを感じさせる。前に出ようとする姿勢がはっきりとわかる。

たしかに、ここで、この悪党を逃がすわけにはいかない。

たとえ、以前、世話になった兄貴分だったとしても。
剣次郎は前に出て、横からの一撃をかける。
橋場はその切っ先を払い、剣次郎の喉を狙って突きを放つ。
狙いすましての一撃であったが、刃は途中で震えて、大きく横に逸れた。
かすみの放った流星剣が、橋場の手をつらぬいていたからだ。
彼がさがったところで、新九郎が飛びだして、その腹を棒で突く。
あうんの呼吸であり、これ以上はないぐらいの絶妙な動きだった。
新九郎はさらに頭上に棒を振りおろすが、それは橋場によって読まれていた。
中途から切り落とされて、先端は遠くに飛んでいってしまう。
「死ね」
はじめて橋場が、明快な言葉を放つ。
おそろしく暗く、人のものとは思えない。
橋場は、身体をかがめて突っこんでくる。
剣次郎は前に出て、強烈な一撃を食い止める。
衝撃で、長刀が折れて飛ぶ。
人のものとは思えぬ声をあげて、橋場が振りかぶる。

剣尖がきらめいたそのとき、橋場の目から血が飛び散る。

小刀が突き刺さっていた。新九郎の放った流星剣だ。

黒い影がたたらを踏んでさがったのを見て、剣次郎は懐から自分の流星剣を取りだした。

一気に前に出て、懐に飛びこむ。

橋場が上からの一撃を放つが、それは身体をずらしてかわす。

獣のような息吹を感じたところで、剣次郎は流星剣を振るう。

首筋を切られて、血が噴きだす。

返り血を顔面に浴びつつ、剣次郎は流星剣を上から振りおろす。

顔面を切り裂かれて、橋場はあおむけに倒れた。泥の道が血で染まっていく。

剣次郎は大きく息を吐いて、膝をついた。

かたわらで、新九郎とかすみが息を整える。緊張の糸が切れたのか、ふたりの顔にも疲れが漂っていた。

剣戟《けんげき》は終わった。

本所を騒がした人殺しは死に、これで事件はようやく、ひとつの区切りを迎えたのである。

剣次郎が苦笑いする前で、新九郎とかすみは口喧嘩を続けていた。

「いや、だから、天麩羅は緑町の春日でしょ。去年できたばかりだけど、味は抜群。揚げ方も見事で、文句のつけようがないから。あんた、本当に食べたの」

「あたりまえだね。私は本所の食い道楽だよ。新しい店があれば、かならず入る。悪いが、あそこよりは、南本所元町の堀米のほうがいいね。老舗だけあって仕事が丁寧だ。客を見て揚げ方を変えるやりかたもいい。やみつきになるね」

かすみがなおも言い返そうとしたので、剣次郎が後ろから口をはさんだ。

「そのあたりにしておけ。おまえら、ふたりともでかいからな。目立つぞ」

かすみと新九郎は、左右を見まわして黙りこんだ。ようやく注目を集めていることに気づいたらしい。

十

三人は、本所二ツ目橋から河岸に沿って、大川に向かっているところだった。

十月もなかばを過ぎれば、本所は冷たい冬の空気で満たされる。風が吹けば、枯れ葉が舞いあがり、店先を掃除する娘が顔をしかめる。

例の事件が終わってから、およそひと月。

本所は落ち着きを取り戻していた。

三人がそろうのは、あの日以来だった。世話になったので珍しく奢ってやろうと思ったのだが、新九郎とかすみは、どこで食べるかで激しく揉めて決着がつかなかった。やむなく剣次郎が割って入って、大川端の茶店に決まった。

しばらくかすみは横を向いていたが、やがて大川に向かって歩きはじめた。

隣りに並んできたのは新九郎で、ちらりと剣次郎を見て話を切りだした。

「でも、驚きましたよ。あの侍、本当に旗本で。しかも役職についていたって」

「書院番で将来も期待されていたのだがな。どうして、ああなってしまったのか」

剣次郎の声は重い。

橋場は、五年前、父の急死を受けて、家を嗣いだ。故事来歴《こじらいれき》にくわしく、書院番でも重宝されていて、一時は将軍世子の小姓《こしょう》にも勧められたと言う。

それが、なぜ殺しに走ったのか。

「あの人は養子で、実家は八十石の御家人だった。その才を認められて、旗本になったが、陰口を叩く者も多くて、それを気にしていたようだ。家の者にはこの血が憎いとさんざんに愚痴《ぐち》っていたようだ」

「……血が憎いね」

新九郎が嘲笑を浮かべる。かすみの顔も固い。

「剣術やら槍術に手を出したのも、それがきっかけだ」

養家で冷遇され、橋場は武芸に打ちこんだ。

それは異様なほどで、朝から晩まで槍や刀を振りまわしていた。北辰一刀流や宝蔵院流《ほうぞういんりゅう》で免許皆伝を受け、十手術や居合いも身につけていたというのだから、途方もない武芸者だった。剣次郎も、橋場の技量はよく知っている。

だが、結果から見れば、それがよくなかった。養子であることで陰口を叩かれたうえに、高い武術を活かすこともできず、鬱屈していった。

事件のあと、剣次郎は一度だけ橋場の屋敷に入ったが、柱のあちこちに切り傷がつけられていた。無惨に切断された襖もあったし、庭には犬や猫を斬った形跡もあった。

「結局、おのれをおさえられず、人を殺した。技を試すかのように」

手口がいちいち異なっていたのは、おのれの技量を誇示するためだった。槍、刀、短刀……ありとあらゆるものを使って殺した。おそろしいまでの歪みだ。

「馬鹿げた怨念ですね」

「そんな奴に、罪もない町の者が何人も殺された。あってはならねえことだよ」

剣次郎はうつむいて、大きく息を吐いた。

「どうしました、旦那。顔色がよくありませんぜ」

「もしかしたら、俺も同じになっていたかもしれないと思ってな」

橋場と同じように、おのれの出自に縛られていたら、人さまに後ろ指をさされる人生を歩んだかもしれない。実際に将軍の血は重く、いまだに自分をただの同心と思うことはできない。一生、引きずるかもしれない。

「いえ、そうはならないでしょう」

かすみが口をはさんできた。興味はなさそうにしていたが、しっかり話は聞いていたらしい。

「どうして、そう思う」

「なんて言うか……あたしたちは、この町で生きているから。町の人たちと会って話をじて、思いをやりとりしているうちは、変なことにはならないと思いますよ。あの旗本がおかしくなったのは、おのれを認めてもらえない武家の世界に引きこもっていたからでしょう。少なくとも、旦那にそれはないし、あたしたちもそうでしょう」

かすみの意見は乱暴だったが、大きく間違ってはいないかもしれない。

剣次郎は、よい養父に育てられ、同心としての心構えを叩きこんでもらった。

その後は、的場や日野屋の指導を受けて、江戸の津々浦々を見てまわり、町民の心を知る機会を得た。

彼らが笑い、泣き、喜ぶ姿には、心を打たれた。日々の生活が、これほど美しいものだとは思わなかった。

同心として、江戸の民に寄り添っているかぎり、大きく間違えることはないのか。

「おまえたち、例の小刀を見せてくれ」

剣次郎に言われて、ふたりは懐から小刀を出した。

「これ、形は同じだが、柄の絵の大きさが違うだろう」

「そうですね。あたしのは、猿が耳を押さえています」

「私は口で、旦那が目か」

「三猿だな。見ざる、言わざる、聞かざる。それぞれが不見・不言・不聞の知恵を表すと言われる。唐土《もろこし》の教えだ」

「さすが、旦那、くわしいですね。ですが、これは……」

「まあ、あたしたちのことでしょうね」

出自について見るな、言うな、聞くなと示しているのだろう。口止めしたければ、もっと明快に示せばよいのに、わざわざ小刀の意匠としているあたりが嫌味だった。子として認めず、放っておくのであれば、証しは必要なかった。

「いいさ、その俺たちが、本所の騒動を片づけた。それで十分だ」

お上の力を借りずに、自分たちで片づけた。本所の守護神として、町を守ったのであるから、それで十分であろう。

ただ、とどめを刺したのが流星剣というのが、剣次郎に忸怩たる思いを残した。あれほど嫌っていた息子の証しに助けられるとは。さながら血のつながりに救われたかのようで、いささか皮肉が効きすぎているように感じられた。

剣次郎が小さく笑うと、かすみと新九郎が歩み寄ってきた。

「これからもよろしくお願いしますよ、旦那」

「私もですよ。この先、入江町への締めつけは、できるだけゆるくしていただきたいですな」

ふたりの笑いが、身体に染みいる。気持ちがはっきりと伝わってくるのは、やはり血のつながりがあるせいなのか。いや、べつのものなのか。

「それを気にしてもはじまらないか」

先のことを考えすぎて、不安になってもしかたがない。

大事なのはいまだ。

いま目の前にいる者たちと生きていく。少しでも、いまの世をよくするために。

そのために努力するのは、そんなに悪くない。

剣次郎はふたりを追い越して、振り向いた。

「さあ、月見団子をたらふく食わせてやるぞ。あそこのは甘さがすごくてな、うまいんだぞ」

ふたりが顔をしかめたのを見つつ、剣次郎は大川端へ向かう足を速めた。

河岸から風が吹きあがって、彼の首筋をかすめる。それは冷たいはずだったが、どこか心地よく感じられた。

コスミック・時代文庫

同心若《どうしんわか》さま 流星剣《りゅうせいけん》
無敵の本所三人衆

2023年1月25日 初版発行

【著 者】
中岡潤一郎《なかおかじゅんいちろう》

【発行者】
相澤 晃

【発 行】
株式会社コスミック出版
〒154-0002 東京都世田谷区下馬 6-15-4
代表 TEL.03(5432)7081
営業 TEL.03(5432)7084
FAX.03(5432)7088
編集 TEL.03(5432)7086
FAX.03(5432)7090
【ホームページ】
http://www.cosmicpub.com/
【振替口座】
00110-8-611382
【印刷/製本】
中央精版印刷株式会社

乱丁・落丁本は、小社へ直接お送り下さい。郵送料小社負担にて
お取り替え致します。定価はカバーに表示してあります。

ISBN978-4-7747-6446-7 C0193